www.ingramcontent.com/pod-product-compliance
Lightning Source LLC
LaVergne TN
LVHW050950051026
849532LV00005B/1781
9789358722109

کہیں کچھ کھو گیا ہے

(افسانے)

انجم عثمانی

Kahein kuch kho gaya Hai (Short Stories)

by: Anjum Usmani

Edition: April '2024

Publisher :

Taemeer Publications LLC (Michigan, USA / Hyderabad, India)

ISBN 978-93-5872-210-9

9 789358 722109

کتاب	:	**کہیں کچھ کھو گیا ہے** (افسانے)
مصنف	:	**انجم عثمانی**
پروف ریڈنگ / تدوین	:	اعجاز عبید
صنف	:	فکشن
ناشر	:	تعمیر پبلی کیشنز (حیدرآباد، انڈیا)
سالِ اشاعت	:	۲۰۲۴ء
صفحات	:	۷۰
سرورق ڈیزائن	:	تعمیر ویب ڈیزائن

فہرست

	کہانی مجھے لکھتی ہے	7
(۱)	اغوا	23
(۲)	صدقہ	26
(۳)	بک شیلف	29
(۴)	جنگل	33
(۵)	ڈھلواں چٹان پر لیٹا ہوا آدمی	36
(۶)	مشاعرہ جاری ہے	41
(۷)	سیمینار جاری ہے	44
(۸)	جشن جاری ہے	47
(۹)	کیا اسیری ہے کیا رہائی ہے	51
(۱۰)	دو منہ والا سانپ	55
(۱۱)	چھنگا	62
(۱۲)	کہیں کچھ کھو گیا ہے	66

علم کی راجدھانی دیوبند

دیش کی راجدھانی دلی

اور

فرزانہ شریک حیات / سمیر بیٹا / ہما بیٹی / کاشفہ بہو / حبا پوتی

کے نام

یادیں

ابا میاں / امی / بھائی جان / اور باجی

خدا ان کی لحد پہ شبنم افشانی کرے

کہانی مجھے لکھتی ہے

میں دیو بند ضلع سہار نپور اتر پر دیش کے مشہور علمی، دینی، ادبی خاندان میں پیدا ہوا۔ دیو بند کا عثمانی خاندان صدیوں سے علم و ادب، شریعت و طریقت کا امین رہا ہے۔

میرے پر داد مولوی فضل الرحمن عثمانی اظہر ہند دار العلوم دیو بند کے بانیوں میں تھے، مولوی فضل الرحمن عثمانی نے مشہور زمانہ دہلی کالج میں حضرت مولانا مملوک العلی سے تعلیم پائی۔ مولانا قاسم نانوتویؒ اور سر سید مرحوم پر دادا صاحب کے ہم عصر اور استاد بھائی تھے۔

مولانا فضل الرحمن مدہام المدارس کے اعلیٰ درجے تک پہنچے اور 1857 کے بعد علمی محاذ پر جن شخصیات نے کارہائے نمایاں انجام دیے ان میں ان کا نام بہت نمایاں ہے۔ مولانا فضل الرحمن فارسی اور اردو کے بہت اچھے شاعر تھے تقریباً پینتالیس سال دار لعلوم کی خدمات انجام دیں، مدرسہ دیو بند کی ننھی کونپل سے تناور درخت بننے تک آبیاری کرتے رہے، فارسی اور اردو کے متعدد نمونے دستیاب ہیں۔ تاریخ گوئی میں ملکہ حاصل تھا، بہت سی عمارتوں، شخصیات اور اہم واقعات پر تاریخیں رقم کیں۔

میرے دادا فقیہ الامّت مفتی عزیز الرحمن عثمانیؒ دارالعلوم دیو بند کے پہلے مفتی اور غیر منقسم ہندوستان کے مفتی اعظم تھے۔ فتاویٰ کی دنیا میں ان کا کام دنیا میں غالباً سب سے بڑا کام ہے۔ ان کے فتاویٰ کے مجموعے "فتاویٰ دار العلوم" کے نام سے متعدد جلدوں میں

شائع ہو چکے ہیں اور یہ سلسلہ جاری ہے۔ ایک محتاط اندازے کے مطابق انہوں نے تقریباً چھ لاکھ فتوے جاری کیے۔ ان کے فتووں کو آج بھی پوری اسلامی دنیا میں نذیر اور حوالے کے طور پر استعمال کیا جاتا ہے۔

میرے دادا مفتی عزیز الرحمن عثمانی قدس سرہ العزیز مولانا شاہ رفیع الدین عثمانیؒ کے خلیفہ خاص تھے۔ شاہ رفیع الدین عثمانی دیوبندیؒ "دارالعلوم دیوبند کے مہتمم اول تھے ان کے والد مولانا فرید الدین عثمانیؒ سید احمد شہید بریلویؒ کے خلیفہ تھے۔ (مزار مبارک دار العلوم دیوبند کی مسجد رشید کے سامنے ہے) دادا صاحبؒ نقشبندی و سہروردی سلسلوں کے بزرگ تھے اور دار العلوم دیوبند کے صف اول کے ان اکابرین میں سے تھے جن کی برکتوں اور محنتوں سے برصغیر کی علمی و دینی فضا آج تک مہکی ہوئی ہے اور جن کے علم کے فیضان کا چشمہ ہزاروں مدارس اور لاکھوں طلبہ کی صورت میں آج بھی جاری ہے۔

مشہور مفسر قرآن، عالم اور دانشور شیخ الاسلام مولانا شبیر احمد عثمانیؒ میرے دادا کے بھائی تھے۔ اپنے زمانے کی بہت سی سماجی وسیاسی شخصیات اور تحریکات انسے متاثر تھیں۔ وہ جنگ آزادی کی مشہور تحریک "ریشمی رومال" کا ایک خاص حصہ اور اس تحریک کے بانی اسیر مالٹا شیخ الہند مولانا محمود الحسن عثمانیؒ کے خاص شاگرد تھے۔ شیخ الہند مولانا محمود الحسن میرے دادا کے قریبی عزیز تھے۔ جامعہ ملّیہ اسلامیہ کے بنیاد سازی کے جلسے میں شیخ الہند کے خطبے کو مولانا شبیر احمد عثمانی نے ہی پڑھ کر سنایا تھا۔ جامعہ ملّیہ اسلامیہ میں "باب محمود " کے نام سے شیخ الہند مولانا محمود الحسن کی یاد میں ایک یادگاری گیٹ قائم کیا گیا ہے۔ مشہور یہ ہے کہ جامعہ ملّیہ اسلامیہ کی اساس کے جلسے میں شیخ الہند کو خطبہ دینا تھا، کافی بیمار تھے، بہت مشکل سے اسٹیج پر تشریف فرما تھے۔ اس لیے اپنے شاگرد مولانا شبیر احمد عثمانی کو حکم دیا کہ وہ ان کے خطبے کو پڑھ کر سنائیں اور اپنا رومال کاندھے سے اتار کر ان کے

کاندھے پر ڈال دیا۔ مولانا شبیر احمد عثمانی نے شیخ الہندؒ کے ترجمہ قرآن کو مکمل کیا اور اس پر مبسوط تفسیری حاشیہ بھی لکھا، جو پورے عالم اسلام میں بے پناہ مقبول ہوا۔ چند برس پہلے سعودی حکومت نے اس کے کروڑوں نسخے چھاپ کر پوری دنیا میں مفت تقسیم کیے۔ آج بھی یہ مقبول ترین ترجمہ اور تفسیر سمجھی جاتی ہے۔

میرے دادا کے ایک اور بھائی مولانا حبیب الرحمن عثمانی دار العلوم دیوبند کے مہتمم اور اپنے زمانے کے بڑے عالم اور مدّبر تھے۔ دار العلوم دیوبند کی ترقی اور استحکام میں ان کی خدمات تاریخی حیثیت رکھتی ہیں۔

دادا صاحبؒ کے ایک اور بھائی مولانا محبوب الرحمن عثمانی (مشہور مصنف، عالم، مدیر، شاعر اور ادیب مولانا عامر عثمانی کے والد) علم و طریقت کی دنیا میں بڑی شخصیات میں شمار کیے جاتے تھے۔ ان کے دوسرے بھائیوں سعید الرحمن مرحوم (مشہور شاعر شمیم عثمانی مرحوم کے والد) اور بابو فضلی وغیرہ نے بھی علم، دین اور ادب کی خدمت کو اپنی زندگی کا مقصد بنائے رکھا۔

میرے دادا مفتی عزیز الرحمن کو اللہ تعالیٰ نے دو لائق فرزند عطا فرمائے تھے۔ ان میں بڑے تھے مفتی عتیق الرحمن عثمانی۔۔۔ مفکر ملّت مفتی عتیق الرحمن عثمانی ندوۃ المصنفین کے بانی، دار العلوم دیوبند کی مجلس شوریٰ کے رکن، آل انڈیا مسلم پرسنل لا بورڈ کے بانی رکن، مشہور عالم، مدبر، مقرر، مفسر اور سماجی شخصیت تھے۔ زندگی کا ایک بڑا حصہ دہلی میں گزارا۔ اس زمانے کی مشہور سیاسی، سماجی، علمی، ادبی و ثقافتی شخصیات ان کی ہم نشین تھیں۔ پورے عالم اسلام میں ان کا نام احترام کے ساتھ لیا جاتا ہے، حکومتیں انسے مشورہ کرتی تھیں اور مختلف مسالک، مختلف خیال اور مختلف مذاہب کے لوگ ان کی رائے کو اہمیت دیتے تھے۔ وہ بہت اچھے مقرر اور مفسر قرآن تھے۔ ملک کی آزادی کی جدوجہد

میں انھوں نے سرگرم حصہ لیا۔

دادا صاحب کے چھوٹے صاحبزادے قاری جلیل الرحمن عثمانی مرحوم میرے والد ماجد تھے۔ وہ ایک صاحب دل صوفی طریقت تھے، تقریباً ساٹھ سال دار العلوم دیوبند میں درس قرآن میں مشغول رہے ان کے شاگردوں کی تعداد ہزاروں میں ہے۔

پر دادا صاحب مرحوم، داد صاحب، تایا اور والد صاحب مرحوم کی علمی روایت کو ان کی بعد کی نسل نے بھی آگے بڑھایا۔ عالم اسلام کی مشہور شخصیت مفتی اعظم پنجاب حضرت مولانا مفتی فضیل الرحمن ہلال عثمانی مدظلہ میرے سب سے بڑے حقیقی بھائی ہیں۔ بھائی صاحب مدظلہ، آل انڈیا مسلم پرسنل لابورڈ کی عاملہ کے بنیادی رکن ہونے کے علاوہ بہت سے دینی و علمی اداروں سے وابستہ ہیں۔ وہ فاضل دار العلوم ہونے کے علاوہ مدینہ یونیورسٹی کے ہونہار طلبہ میں رہے ہیں۔ خاص طور پر پنجاب میں ان کی کوششوں سے علم و دین کا بڑا فروغ ہوا ہے۔ وہ درجنوں کتابوں کے مصنف اور دار السلام جیسے وقیع ادارے کے بانی اور سرپرست ہیں۔ پورے علمی دنیا میں ان کو نمایاں مقام حاصل ہے۔

مشہور شاعر عالم، مصنف اور مفتی کفیل الرحمن نشاط بھی میرے بڑے بھائی تھے۔ نائب مفتی دار العلوم دیوبند کی حیثیت سے بھی اور ایک مصنف کی حیثیت سے بھی ان کی بڑی خدمات ہیں، اور درجنوں تصنیفات کے علاوہ مجموعہ کلام "شناسا" کے نام سے منظر عام پر آچکا ہے۔ چند برس قبل اچانک رحلت فرما گئے۔

کتب خانہ محمودیہ دیوبند کے مالک حفیظ الرحمن مسرت عثمانی، دار العلوم دیوبند کے استاد مولوی سہیل عزیز، دار العلوم سے متعلق حافظ قمر الاسلام نجمی عثمانی اور دار العلوم دیوبند (وقف) کے استاد مولانا اسامہ عزیز میرے سگے بھائیوں میں شامل ہیں۔

علمی ادبی اور طبّی جریدے فیصل کے مدیر نوید صدیقی، مکتبہ فیصل کے مینجر صہیب

صدیقی اور جامعہ ہمدرد کے اسسٹنٹ رجسٹرار ثاقب صدیقی میرے بھانجوں میں شامل ہیں۔ مکتبہ فیصل کے مالک محمد فاروق صدیقی (مرحوم) میرے بہنوئی ہیں۔ دوسرے بہنوئی قاری محمد عاصم مشہور عامل حافظ دار العلوم دیوبند کی انتظامیہ سے وابستہ ہیں۔

ماہنامہ "تجلی دیوبند" کے مدیر، مشہور عالم، مصنف مولانا عامر عثمانی مرحوم بھی میرے چچاؤں میں سے ایک تھے۔ وہ دار العلوم دیوبند کے فاضل تھے تمام عمر تصنیف و تالیف کے عالمانہ کاموں میں مصروف رہے۔ بے پناہ ذہین اور جری شخص تھے۔

ماہنامہ تجلی ملک کا مقبول ترین جریدہ تھا جس میں ان کی ادیبانہ تحریریں، تبصرے، تجزیے اور ادارے بہت پسند کیے جاتے تھے۔ "مسجد سے میخانے تک" کے عنوانسے ان کے فکاہیے خاصّے کی چیز تھے، قارئین سارے مہینے اس کا انتظار کرتے تھے۔ ان کے طنزیہ و مزاحیہ مضامین منفرد انداز کے حامل ہیں۔ وہ بہت اعلیٰ درجے کے شاعر تھے۔ ان کی شاعری، مزاح نگاری، تصنیفات اور عالمانہ مضامین کو پسند کرنے والے بر صغیر میں پھیلے ہوئے تھے۔ "مسجد سے میخانے تک" کے مضامین کئی جلدوں میں شائع ہو چکے ہیں "قدم قدم بلائیں" کے نام سے مجموعہ کلام بھی شائع ہو چکا ہے۔ چچا عامر عثمانی مرحوم کے چھوٹے بھائی عمر فاروق مرحوم بھی بہت اچھے شاعر تھے۔ ان کا مجموعہ کلام بھی شائع ہو چکا ہے ان کے صاحبزادے برادرم عبد اللہ راہی بھی مشاعروں کی دنیا کے مشہور شاعر ہیں۔

"جاسوسی پنجہ" کے ذریعے شہرت پانے والے مسعود جاوید بھی میرے والد کے عم زاد تھے۔ انہوں نے زندگی کا ایک بڑا حصہ لکھنؤ میں گزارا۔ "جاسوسی پنجہ" ابن صفی کے "جاسوسی دنیا" کے بعد اردو میں سب سے مقبول جاسوسی سلسلہ تھا۔

مشہور شاعر شمیم عثمانی بھی میرے چچاؤں میں سے ایک تھے، فارسی اور انگریزی

کے ماہرین میں سے تھے، عمر کا بڑا حصہ اینگلو عربک اسکول دہلی میں استاد کی حیثیت سے گزارا۔

"کیا ہم مسلمان ہیں" اور دوسری کئی مشہور کتابوں کے مصنف، مصلح اور مبلغ شمس نوید عثمانی مرحوم بھی میرے والد کے عم زاد تھے۔ عثمانیہ یونیورسٹی حیدر آباد کے پروفیسر یعقوب عثمانی بھی میرے والد کے عم زاد تھے۔ ان کے صاحبزادے مشہود اقبال عثمانی مرحوم مشہور جریدے ماہنامہ مشرب کے مدیر تھے اور رشتے میں میرے ماموں تھے۔ ماہنامہ مشرب میں بھی مجھے کچھ عرصے کام کرنے کا شرف حاصل ہوا۔

جواہر لال نہرو یونیورسٹی کے اسسٹنٹ رجسٹرار انس احمد صدیقی اور موجودہ دور کے معتبر مصنف، منفرد ناقد، افسانہ نگار اور کئی اہم ترین کتابوں کے تخلیق کار پروفیسر شمس الحق عثمانی رشتے میں میرے ماموں ہیں مگر مجھے ان کی مشفقانہ بے تکلف سرپرستی اور دلّی کالج (موجودہ ڈاکٹر ذاکر حسین کالج) میں اردو آنرز کی جماعتوں میں ہم سبق ہونے کا شرف بھی حاصل ہے۔ ان کی ذہانت ادبی انہماک اور سچی اسکالرشپ نے بچپن سے ہی مجھے متاثر کیا ہے۔

ملک کے مشہور مزاح نگار، ماہر تعلیم منظور عثمانی صاحب اور مشہور صحافی اشرف عثمانی اور پارلیمانی نظام کے ہونہار کارکن اشرف کریم صاحب اور مشہور عالم دین، مفسّر ، مقرر، مصنف اور مفتی مولانا تقی عثمانی مدظلہ سے بھی مجھے قرابت داری کا شرف حاصل ہے۔

میری نانی مرحومہ زینب معصوم سادات میں سے تھیں، بہت عمدہ شعری ذوق کی مالک تھیں، خود بھی شعر کہتی تھیں۔ ان کا ادبی ذوق، سلیقہ اور ذہانت پورے قصبے میں مشہور تھا، خاندان کے بہت سے علماء ادبا ان کی سماجی و ادبی صلاحیتوں سے متاثر تھے۔

مذکورہ بالا شخصیات کے علاوہ دیو بند کے خاندان عثمانی میں ایسے درجنوں اذہان موجود تھے جن کی علمی وادبی صلاحیتوں سے خاندان کا ماحول علمی وادبی رنگ میں رنگا ہوا تھا۔۔۔ عام طور پر قصبہ دیو بند علم وادب کا ایسا گہوارہ تھا جس نے پوری دنیا کو قابل ذکر عالم، شاعر، مصنف اور ادیب مہیا کیے۔

میرے لڑکپن میں اس وقت قصبے میں خاندان عثمانی کے علاوہ بھی علامہ انور صابری جیسے مشہور شاعر، مولانا ازہر شاہ قیصر (مدیر ماہنامہ دار العلوم دیو بند) اور جمیل مہدی (مدیر عزائم) جیسے صحافی ان کے چھوٹے بھائی عقیل محزوں (مشہور افسانہ نگار رخشندہ روحی کے والد) جیسے شاعر مشہور صحافی اظہر صدیقی جیسی قابل ذکر شخصیات موجود تھیں۔ قصبے کی مجموعی فضا ایسی علمی وادبی تھی کہ ہر حساس ذہن متاثر ہوتا تھا۔ عام طور پر شرفا کے خاندان کے بچوں کے کھیل بھی کہیں نہ کہیں علم وادب سے جڑے ہوتے تھے۔

عام طور پر گھر میں بیت بازی، تعلیمی تاش، مضمون نگاری کا مقابلہ اور تقریری مقابلہ تفریح اور کھیلوں میں شامل تھا۔ زبان کے معاملے میں معمولی سی غلطی بھی فوراً پکڑی جاتی تھی۔ خطوط نویسی ایک باقاعدہ مشغلہ تھا جس کے ذریعے باقاعدہ املا درست کیا جاتا تھا۔ بچے بھی "مشاعرہ مشاعرہ" یا "مدرسہ مدرسہ" کھیلتے تھے۔ "مدینہ بجنور"، "کھلونا"، "پھول" وغیرہ بچوں کے رسالے گھر پر منگائے جاتے تھے۔ الجمیعۃ اور دعوت اخبار سب سے زیادہ پڑھے جاتے تھے۔ عام طور پر ابتدائی تعلیم کے لیے بھی دار العلوم میں داخل کیا جاتا تھا۔

خاندان کی روایت کے مطابق مجھے دار العلوم دیو بند میں داخل کر دیا گیا، جہاں سے میں نے اپنے دوسرے کئی بھائیوں کی طرح دینیات، فارسی اور عربی کے شعبوں میں تعلیم

مکمل کر کے "فاضل دار العلوم" کی سند پائی۔ میرے دار العلوم کے اساتذہ میں اس وقت کے جید عالم، مفسر، محدث اور مختلف علوم کے ایسے ماہرین شامل تھے جو اپنے دور میں مثالی سمجھے جاتے تھے۔ عام طور پر استاد اور شاگرد کا رشتہ اتنا مضبوط تھا کہ اولاد اور ماں باپ جیسا لگتا تھا۔ بعض اساتذہ تو ایسے مشفق تھے کہ باپ کی شفقت اور ماں کی ممتا یکجا محسوس ہوتی تھی، دار العلوم میں غیر نصابی دلچسپیوں میں دوسرے شریفانہ کھیلوں کے علاوہ دیواری جریدےwall magazine نکالنا بہت محبوب مشغلہ تھا، ہم بھی ایک دیواری جریدہ نکالتے تھے، ان جریدوں کی خصوصیت یہ ہوتی تھی کہ مضامین لکھنے، کتابت، خوش خطی اور ترتیب وغیرہ سے لے کر فریم جڑنے اور دیوار پر ٹانگنے تک سب کام خود کیے جاتے تھے۔ بعض جرائد میں مقابلہ آرائی بھی ہوتی تھی۔کچھ خالص دینی رنگ کے ہوتے تھے۔ کچھ علمی مباحث پر زور دیتے تھے۔ کچھ شعری و ادبی تخلیقات کو ترجیح دیتے تھے۔ ان میں صالح اقدار کے علاوہ اور بھی کئی خصوصیات مشترک تھیں۔

ہمارا دیواری جریدہ تخلیقی ادب پر زیادہ زور دیتا تھا اور اس لحاظ سے تھوڑا مختلف تھا۔(دار العلوم دیوبند میں اب بھی دیواری جریدوں کا رواج عام ہے) البتہ اب یہ جرائد وقت کے بدلنے کے ساتھ موضوعات اور پیشکش کے اعتبار سے پہلے سے کافی مختلف ہیں، مگر آج بھی اسی طرح دار العلوم کے احاطہ مولسری کی دیواروں اور مولسری کے درختوں کے بڑے بڑے تنوں پر آویزاں ہوتے ہیں، جنھیں آتے جاتے ٹھہر کر طلبہ پڑھتے جاتے ہیں۔) یہ دیواری جریدے دراصل طلبہ کی تصنیفی اور تخلیقی صلاحیتوں کو بروئے کار لا کر ان میں بالیدگی پیدا کرنے کا بہت موثر ذریعہ ہیں۔ ان میں کالم نگاری، خبر نویسی، ادارت، ترتیب سازی وغیرہ وغیرہ سب کی مشق کے علاوہ تحریر کو قارئین سے مدمقابل ہونے کی جرأت کی عادت ڈالی جاتی ہے، ہمیں اس مشق سے آگے چل کر بہت تقویت ملی اور تمام

ترکمزوریوں کے باوصف تحریر کی دنیا میں ہم کبھی اپنے آپ کو اجنبی سے نہیں لگے۔ بہت کم عمری میں ان مرحلوں سے گزرنے کا فائدہ تو ہونا ہی تھا۔

زمانہ طالب علمی میں ہی دیوبند کے پندرہ روزہ جریدے " دیوبند ٹائمز " کی ادارت کا کام مجھے سونپ دیا گیا۔ یہ پندرہ روزہ اخبار میرے استاد، دیوبند کی سرکردہ شخصیت مولانا محمد عثمان کی سرپرستی میں شائع ہوتا تھا اور آس پاس کے علاقوں میں کافی مقبول تھا۔ مولانا محمد عثمان صاحب قصبہ دیوبند کے میونسپلٹی کے چیئر مین، ایک، مردم ساز شخصیت اور اسیر مالٹا شیخ الہند مولانا محمود الحسن کے نواسے تھے۔ خود بڑے عالم اور دار العلوم کے استاد تھے۔ مولانا محمد عثمان صاحب دیوبند اور اس علاقے کی ایک ایسی شخصیت تھے جس کے زیر سایہ سارا علاقہ راحت محسوس کرتا تھا۔ وہ غریبوں کے کام آنے والے، احباب کا ساتھ دینے والے، بزرگوں کی نشانی اور چھوٹوں کے مربی تھے۔ دار العلوم کے دیواری جریدوں میں میرے مضامین دیکھ کر میری تربیت کرنے کے لیے انہوں نے مجھے دیوبند ٹائمز کی مجلس ادارت میں نمایاں جگہ دی۔ بہت دن تک ہم نے اس کے اداریے اور اس میں مختلف موضوعات پر مضامین لکھے۔ اس ادارت کی ذمہ داریوں سے یہ ہوا کہ مستقل لکھنے کی عادت پیدا ہو گئی جس سے آگے چل کر کافی فائدہ ہوا۔

عام طور پر یہ خیال کیا جاتا ہے کہ علما مذہبیات کے علاوہ باقی علوم سے شغف نہیں رکھتے لیکن یہ صحیح نہیں ہے۔ میں نے اپنے بیشتر بزرگوں اور استادوں کو ادب سے بہت قریب پایا۔ دیوبند کے علما کی ایک بڑی تعداد شعر وادب سے باقاعدہ وابستہ رہی، بہت سے علما باقاعدہ صاحب دیوان شاعر ہوئے۔ خود میرے اساتذہ میں کئی باقاعدہ شاعر اور انشا پرداز تھے۔ اس موضوع پر مختلف عنوانات سے کئی کتابیں شائع ہو چکی ہیں۔

غرض یہ کہ مجموعی طور پر قصبہ دیوبند اور مدرسہ دیوبند دونوں کا ماحول اس حد تک

شعری و ادبی تھا کہ شرفا کی آبادی کا ایک بڑا حصہ بہت اچھے ادبی ذوق کا مالک تھا اور روز ہی کوئی نہ کوئی ادبی تقریب منعقد ہوتی تھی۔ ایسے بھرپور ادبی ماحول میں ظاہر ہے کوئی ذہن متاثر ہوئے بغیر نہیں رہ سکتا تھا، سو ہم بھی اسی میں رچے بسے تھے اور زمانہ طالب علمی سے ہی اردو ادب کے با قاعدہ قاری تھے۔ اس زمانے کے ادب کو عام طور پر اور کچھ خاص ادیبوں کو مکمل طور پر پڑھا۔ مختلف قسم کی کتابوں کے مطالعے کے شوق کو مہمیز کرنے میں دار العلوم کی لائبریری، کتب خانے اور دار صلاحت جنون ر انور'ے م؍a المطالعہ کے علاوہ قصبہ دیوبند میں قائم گلی گلی میں موجود چھوٹی چھوٹی ذاتی لائبریریوں کا بھی بڑا ہاتھ ہے۔ شہر کے تقریباً ہر محلے میں کوئی نہ کوئی چھوٹی بڑی لائبریری قائم تھی۔ ذاتی دار المطالعہ قائم کرنا قصبے کے عام ذوق میں شامل تھا، ہم ان مطالعہ گاہوں سے بھی فائدہ اٹھاتے اور اپنی ذاتی لائبریری بھی قائم کرنے کی کوشش میں لگے رہتے تھے۔ یوں بھی گھر کی بیشتر الماریاں بڑوں کی جمع کی ہوئی کتابوں سے بھری رہتی تھیں۔ ہم نے بھی اپنے ذوق کے مطابق ان کتابوں میں اضافہ کیا۔ کتاب کا مطالعہ روز کا مشغلہ اور عادت تھی۔ اس زمانے میں اردو کے بہت سے ادیبوں، شاعروں، ناول نگاروں کے علاوہ فارسی کے کلاسیکی ادب کو بھی پڑھنے کی سعادت حاصل ہوئی۔ اس زمانے میں روز ہی کہیں نہ کہیں قصبے میں کسی نہ کسی طرح کی ادبی محفل، مذاکرہ یا مشاعرہ منعقد ہوتا تھا۔ مجموعی طور پر ہر پڑھا لکھا شخص کسی نہ کسی طور شعر و ادب سے منسلک ہوتا تھا۔

دار العلوم دیوبند میں اس وقت تعلیم کے مختلف شعبہ جات میں شعبہ فارسی کو نمایاں حیثیت حاصل تھی۔ یہ فارسی زبان و ادب کا ایک ایسا مکمل کورس تھا جس میں کلاسیکی فارسی ادب اور تصوف کی اعلیٰ کتابیں شامل تھیں۔ یہ پانچ سال کا مکمل نصاب تھا۔ جس کی تکمیل کے بعد شعبہ عربی میں داخلہ ہوتا تھا۔ مدارس میں گرچہ ادب پڑھانے کا

مقصد حدیث و قرآن کے مطالب تک پہنچنے کے لیے ذہن سازی کرنا ہوتا ہے لیکن طالب علم اپنے انفرادی مزاج و ذوق سے ادب کی مختلف جہات سے بھی متاثر اور مستفید ہوتا ہے۔

1968 میں دار العلوم دیو بند سے تعلیم مکمل کرنے کے بعد کچھ دن دار العلوم کے مختلف شعبوں خاص طور پر دار العلوم کے ماہنامہ جریدے میں مولانا اظہر شاہ قیصر مرحوم (محدث العصر مولانا انور شاہ کشمیریؒ کے بڑے صاحبزادے اور رسالہ دار العلوم کے مدیر) کے زیر نگرانی کام کرنے کا موقع ملا، اس کے ساتھ ماہنامہ تجلی اور ماہنامہ مشرب سے بھی وابستہ رہا۔ اس دوران علی گڑھ مسلم یونیورسٹی سے پی یو سی (PUC) کا امتحان پاس کیا اور جامعہ اردو سے ادیب کامل کا امتحان دیا۔

دار العلوم دیو بند سے فراغت اور تقریباً دو ڈھائی برس دیو بند میں دار العلوم اور مختلف کتب خانوں اور اداروں سے وابستہ رہنے کے بعد میں اپنے تایا مفتی عتیق الرحمن عثمانی مرحوم کے حکم سے دلی آگیا۔ یہ غالباً 1971ء کی بات ہے۔

دلی آکر سب سے پہلے مشہور عالم قاضی سجاد حسین (شیخ الحدیث صدر مدرس مدرسہ فتح پوری) کے ساتھ کام کیا اور پھر اردو ٹائپنگ جاننے کی وجہ سے اس وقت کے مرکزی وزیر تعلیم پروفیسر نورالحسن کے ساتھ لینگو یج پی اے کے طور پر کام کرنے لگا۔ وزیر کے ساتھ کام کرنے کا بھی بڑا عجیب و غریب تجربہ تھا۔ اچھی تنخواہ اور دنیاوی اعتبار سے کافی رتبہ اور طاقت دونوں ملتے ہیں۔ لیکن اس میں اپنی انفرادیت کو بالکل ختم کر دینا ہوتا ہے، بلکہ ایک طرح سے اپنی صلاحیتوں، اپنی شخصیت کو وزارت کی ضرورتوں میں ضم کر دینا ہوتا ہے۔ گرچہ پروفیسر نور الحسن بہت پڑھے لکھے وزیر تھے، خاندانی شرافت ان کے مزاج کا حصہ تھی، اردو فارسی زبان و ادب اور تاریخ سے ان کا تعلق گہرا تھا۔ وہ میرے

تایا مفتی عتیق الرحمن کے ہاں حاضر باش بھی تھے اس لیے مجھ سے شفقت برتتے تھے۔ لیکن مجھے تو تعلیم حاصل کرنا تھی اور وزیر کے ساتھ رہ کر کسی اور کام کے لیے وقت نکالنا تقریباً ناممکن تھا اس لیے ان کے ساتھ سال بھر کام کر کے انسے معذرت کر لی، اور دلّی کالج کی شبینہ کلاسز میں اردو آنرز میں داخلہ لے لیا۔ یہ 1973 کی بات ہے، اپنے پر دادا صاحب مولانا فضل الرحمن عثمانی کے بعد غالباً میں خاندان کا دوسرا شخص تھا جس نے دلّی کالج میں بحیثیت طالب علم قدم رکھا۔

اس وقت دلّی کالج (موجودہ ذاکر حسین دلی کالج) اجمیری گیٹ پر انگلو عربک اسکول والی عمارت میں واقع تھا۔ داخلے کے ساتھ کالج میں ہی ہاسٹل بھی مہیا ہو گیا۔ یہ وہی دلّی کالج تھا جس میں تعلیم حاصل کرنے کے بعد میرے پر دادا نے دار العلوم دیوبند کے قیام کا ڈول ڈالا تھا۔ گویا میں تاریخی تسلسل کی ایک ایسی کڑی تھا جس نے تقریباً ڈیڑھ سو سال بعد پھر ظہور پایا تھا۔

1978ء میری زندگی کا اہم برس تھا۔ اس سال میں نے دہلی یونیورسٹی سے اردو میں ایم اے امتیاز کے ساتھ پاس کیا۔ اس سال میرا پہلا افسانوی مجموعہ "شب آشنا" شائع ہوا ،اسی سال میں نے این سی ای آر ٹی میں پبلیکشن ڈپارٹمنٹ میں جوائن کیا اور اسی سال میری شادی دہلی کے ایک قدیم معزز گھرانے میں ہوئی۔ اللہ تعالیٰ نے خوب صورت، سگھڑ، من چاہی، ساتھ نبھانے والی بیوی سے نوازا۔ میری نصف بہتر نے میرے حصے کے نصف میں میری بہت مدد کی۔ میں مزاج کے اعتبار سے ایک جذباتی اور منتشر ذہن کا آدمی ہوں، عملی زندگی کی بیشتر مصلحتیں اور پیچیدگیاں میری سادہ مزاجی سے میل نہیں کھاتیں، لیکن میری بیوی نے میری کمیوں کا مجھ پر اثر نہیں ہونے دیا اور بیشتر دنیاوی، خاندانی اور خانگی معاملات کو اپنی سوجھ، معاملہ فہمی، قوت برداشت اور حسن اخلاق سے

حل کیا۔ میں آج جو کچھ بھی ہوں اس میں اللہ تعالیٰ کے کرم اور ماں باپ کی دعاؤں کے بعد سب سے زیادہ میری شریک حیات کے سلیقے اور ایثار کا بڑا دخل ہے۔ انہوں نے اپنے اچھے اخلاق، حسن سلوک اور تدبّر سے صرف اپنے گھر میں ہی نہیں پورے خاندان میں جو مقبولیت حاصل کر رکھی ہے وہ کسی بھی صاحبِ خانہ کے لیے فخر و مسرت کی بات ہو سکتی ہے۔

خدائے بزرگ و برتر نے اولاد بھی سعادت مند عطا فرمائی جن کی تربیت میں میری شریک حیات نے مثبت کردار ادا کیا، اللہ کا شکر ہے کہ لائق سعادت مند بیٹا، بیٹی ہیں ایک پیاری سی بہو اور پوتی ہے، اللہ نظر بد سے محفوظ رکھے ان لوگوں کے دم سے گھر بارونق ہے۔

میری گھریلو زندگی کا میری ادبی زندگی پر بھی خوشگوار اثر مرتب ہوا اور گھر کے خوشگوار ماحول نے مجھے ادبی سرگرمیوں میں انہماک کا موقع اور وقت عطا کیا۔ بیوی بچوں کا شکریہ ادا کرنے میں غیریت کا احساس ہوتا ہے۔ تذکرہ اس لیے کرنا تھا کہ اس ماحول کا میری کہانیوں سے براہ راست تعلق ہے۔ البتہ ہمہ وقت ان لوگوں کے لیے دعا گو ضرور ہوں۔ اس لیے کہ خدا کے کرم کے بعد یہ میری شریک حیات اور بچوں کا ہی دم ہے جس نے میری زندگی کو جینے کے لائق بنا رکھا ہے۔

دلّی کالج میں تعلیم کے دوران ہی مجھے وزارت تعلیم کے ترقی اردو بورڈ (موجودہ قومی کونسل برائے فروغ اردو) میں ملازمت مل گئی۔ میں غالباً ترقی اردو بورڈ کا پہلا اردو ملازم تھا اس وقت یہ بورڈ آر کے پورم میں سنٹرل ہندی ڈائریکٹریٹ کے ایک تنگ کمرے میں تھا۔ میں بورڈ کے الگ باڈی بننے سے اس کے کل ہند مقام حاصل کرنے تک کا چشم دید ملازم ہوں۔ ترقی اردو بورڈ میں ماہنامہ آجکل کے سابق مدیر شہباز حسین صاحب (پرنسپل

پبلیکشن آفیسر) مشہور ادیب ابوالفیض سحر مرحوم، پروفیسر عبدالعلیم (مشہور ترقی پسند دانشور) اور حیات اللہ انصاری (سابق ممبر راجیہ سبھا، مشہور صحافی، مجاہد آزادی، ناول و افسانہ نگار) جیسی شخصیات کے ساتھ کام کرنے کا موقع ملا۔ حیات اللہ انصاری صاحب کیونکہ فرنگی محل سے آئے تھے گویا میری طرح مدرسہ سے ہی آئے تھے اور ان کے میرے بزرگوں میں خاص طور پر تایا صاحب مرحوم مفتی عتیق الرحمن سے خاص تعلق تھا اس لیے بہت جلد قریبی تعلق قائم ہو گیا اور میں جب تک ترقی اردو بورڈ میں رہا بہت سا وقت ان کے ساتھ گذرا اور مذہب، ثقافت، ادب اور فن کے مختلف پہلوؤں پر خوب خوب گفتگو کا موقع ملا۔

1978 میں مشہور مزاح نگار مجتبیٰ حسین کے اصرار پر ترقی بورڈ سے این سی آئی آر ٹی کے شعبہ اردو میں منتقل ہو گیا جہاں پانچ برس تک مجتبیٰ حسین صاحب کے ساتھ کام کرنے کی سعادت حاصل ہوئی۔ مجتبیٰ حسین ان دنوں اس شعبے میں ایڈیٹر کے طور پر کام کر رہے تھے۔

1983 میں یونین پبلک سروس کمیشن (U.P.S.C) کا امتحان پاس کر کے آکاش وانی میں پروگرام ایگزیکٹیو کے طور پر ملازم ہوا (میں غالباً دار العلوم دیوبند کا پہلا فارغ ہوں جس نے U.P.S.C کے امتحان میں کامیابی حاصل کی) آکاش وانی سے میرا انتخاب دوردرشن کے لیے عمل میں آیا، جہاں فلم اینڈ ٹیلی ویژن انسٹی ٹیوٹ آف انڈیا پونے (FTII Pune) سے ٹیلی ویژن پروگرام پروڈکشن اینڈ ڈائریکشن کی تربیت حاصل کر کے دوردرشن کے پروگراموں کی ہدایت کاری کی ذمہ داری سنبھالی، اور یہ سلسلہ جاری ہے۔

دار العلوم دیوبند سے دوردرشن تک کا یہ سفر اپنے آپ میں ایک طویل داستان ہے

جس کے بیان کے لیے افسانوں کے مجموعے کے یہ ابتدائی صفحات متحمل نہیں ہو سکتے ہیں اگر عمر، حالات اور مزاج نے وفا کی تو اسے بھی کبھی بیان کروں گا۔ فی الحال ان صفحات میں کچھ تفصیلات اس خیال سے درج کر دی ہیں کہ میری کہانیوں میں اس پس منظر کا اشاریہ اکثر جگہ موجود ہے۔

مجھے کہانیاں لکھتے ہوئے تقریباً چالیس سال ہو گئے ہیں یا یوں کہوں کہ کہانیوں نے مجھ پر سے ایسے چالیس برس گزار دیے ہیں جو کلینڈر میں تو گذر گئے مگر مجھ پر سے گذر کر بھی نہیں گذرے شاید ان ہی "گذرے ہوئے نہ گذر سکنے والے" برسوں کے نقوش پا ہیں جن پر چل کر اکثر کہانی مجھ تک پہنچتی ہے۔ اسی لیے میں آج تک کوئی جھوٹی کہانی نہیں لکھ پایا۔ یہ بات الگ ہے کہ کہانی کا اپنا سچ ہوتا ہے۔ جو کبھی کبھی کہانی کے باہر کے سچ سے متصادم بھی ہو سکتا ہے۔

یہ میرے افسانوں کا چوتھا مجموعہ ہے۔ 1968 سے 1972 کے دوران میں افسانے لکھنا اور چھپنا شروع کیا۔ 1978 میں میرا پہلا مجموعہ "شب آشنا" شائع ہوا۔ 1984 میں دوسرا مجموعہ "سفر در سفر" 1998ء میں تیسرا مجموعہ "ٹھہرے ہوئے لوگ" شائع ہوا اور اب یہ چوتھا مجموعہ آپ کے ہاتھ میں ہے۔ اس نئے مجموعے میں پچھلے تینوں مجموعوں میں سے کوئی کہانی شامل نہیں کی گئی ہے۔ اس میں ایک ڈرامہ بھی شامل کیا گیا ہے۔ اس کے چند حصوں کے علاوہ یہ غیر مطبوعہ ہے۔***

میں اپنے افسانوں کے اس مجموعے کو قارئین کی معتبر ذہانتوں کو سپرد کرنے کو اپنی سعادت سمجھتا ہوں۔ میرے دل میں کہانی اور قاری دونوں ہی کے لیے محبت اور عزت ہے۔

اس مجموعے کی تیاری اور ذہن سازی میں معاونت کے لیے میں اپنی شریک حیات،

اہل خاندان اور دیگر احباب کے علاوہ ڈاکٹر عقیل احمد، سکریٹری غالب اکیڈمی، ڈاکٹر نگار عظیم، جناب سکندر عاقل، جناب نسیم عباسی، جناب اسلم جمشید پوری، میرے عزیز ترین دوست ڈاکٹر محمد عرفان اور محترمہ بشریٰ صاحبہ کا خاص طور پر شکر گزار ہوں۔

انجم عثمانی
دہلی
نومبر 2011

ما قصّہ سکندر و دارا نخواندہ ایم
از ما بجز حکایت مہر و وفا مپرس

(حافظ)

اغوا

جہاز کے اغوا کی خبر پھیلتے ہی کاشانۂ کاظمی میں لوگ جمع ہونا شروع ہو گئے تھے کیونکہ اغواشدہ جہاز میں مسٹر کاظمی بھی تھے اور مسز کاظمی شہر کے اس دولت مند علاقے میں بہت مقبول تھیں۔

مسز کاظمی کی ذات اپنے آپ میں ایک انجمن تھی۔ ان کی مقبولیت کی وجہ صرف یہی نہیں تھی کہ وہ مسٹر کاظمی جیسے دولت مند کی بیوی تھیں، بلکہ اس میں ان کے حسن کے علاوہ سلیقے کو بھی بڑا دخل تھا۔ اس پاش علاقے میں مسٹر اور مسز کاظمی کی وجہ سے کاشانۂ کاظمی کی اپنی الگ اور نمایاں حیثیت تھی اور مسز کاظمی کی دعوتیں اور آئے دن سجائی جانے والی محفلیں اپنا مخصوص رنگ رکھتی تھیں۔

بات بات پر دعوتیں، کسی نہ کسی بہانے عیش و عشرت کے مواقع فراہم کرنا یوں بھی اس سوسائٹی کی عادت ہے، جس میں مسز کاظمی گزشتہ کئی برسوں سے سرگرم تھیں۔

مسز کاظمی شروع سے ایسی نہ تھیں بلکہ وہ تو ایسے خاندان سے تھیں جنھیں جہیز میں دیگر قیمتی چیزوں کے ساتھ دعائیں اور بہشتی زیور، بھی ضرور دیا جاتا تھا جسے کہیں رکھ کر وہ کب کا بھول چکی تھیں اور اب تو شاید انھیں یہ بھی یاد نہیں ہوگا کہ وہ گھر کے کس کونے میں رکھا ہے، حالانکہ وہ گھر کو سجانے میں کافی سلیقہ مند مشہور تھیں۔ سلیقہ مند نہ ہوتیں تو ہمہ وقت مسابقت کے اس ماحول میں ایسی نمایاں جگہ کیسے بنا پاتیں کہ ہر قسم کے دولت مند ان کے گرد منڈلاتے رہتے۔ یہی وجہ تھی کہ علاقے کا شاید ہی کوئی ایسا بارسوخ شخص

ہو گا جو مسز کاظمی کو دلاسا دینے اور ہمت بندھانے نہ آیا ہو۔

ملاقاتیوں کا تانتا لگا ہوا تھا، مسز کاظمی اتنے زبردست حادثے کے باوجود سب سے ملتیں اور فکر مندی کو ایک رنج بھری متانت کے ساتھ جھیلتی آ رہی تھیں ،ان کی خوبصورت آنکھوں میں دکھ کی پرچھائیاں اور مستقبل کے خدشوں کی دہشت کے باوجود آنسو نہیں تھے کہ جذبوں سے عاری رہنے کی عادت نے انھیں اس سوسائٹی کا پختہ فرد بنا دیا تھا جس میں جذباتی ہونا کمزوری سمجھا جاتا ہے۔

مسز کاظمی نے اگرچہ روز کے مقابلے میں کافی حد تک سادہ کپڑے پہن رکھے تھے مگر عادتاً اس بات کا خیال رکھا تھا کہ جاذبیت میں کمی نہ آئے۔ وہ ہندی فلموں کی ایسی غم زدہ ہیروئن سی لگ رہی تھیں جس میں غم سے زیادہ الم زدہ حسن کا خیال رکھا جاتا ہے۔

آج بھی مسز کاظمی ڈرائنگ روم میں اپنی مخصوص ادا کے ساتھ ملنے والوں کا شکریہ ادا کر رہی تھیں مگر اب جب کہ باہر کے تقریباً سبھی لوگ جا چکے تھے مسز کاظمی تھک کر ڈرائنگ روم کے صوفے پر ڈھیر ہو گئی تھیں۔

صوفے پر پسرے پسرے ان کی آنکھوں نے اپنے گھر کا جائزہ لینا شروع کر دیا۔ ہر چیز سلیقے سے سجی ہوئی جگہ پر تھی۔ ان کی نگاہیں مسٹر کاظمی کی تصویر پر ٹک گئیں اور ان کی آنکھیں فرطِ غم سے بھر آئیں اور اچانک ان کے ذہن نے یاد کرنا چاہا کہ وہ کون سی دعا تھی جس کے بار بار پڑھنے سے کھوئی ہوئی چیز مل جاتی ہے۔وہ کون سی دعا تھی۔۔۔۔۔۔۔۔کون سی۔۔۔۔۔۔۔۔۔ مسز کاظمی نے بے بسی کے ساتھ ذہن پر زور ڈالا مگر دعائیں تو وہ کب کی بھلا چکی تھیں۔

اگلی صبح کے اخبار میں۔۔۔۔۔۔۔۔۔اغوا شدہ جہاز کے تمام مسافروں کی محفوظ رہائی کی خبریں سرخیوں میں تھیں جن میں مسٹر کاظمی کے بخیر و عافیت پہنچنے کے علاوہ اغوا

کی کہانی مسٹر کاظمی کی زبانی اور مسز کاظمی کے ردِ عمل کی تفصیلات درج تھیں۔ مگر کاشانۂ کاظمی کے مکینوں کے دلوں سے جو کچھ بہت پہلے اغوا ہو چکا ہے اس کا کہیں تذکرہ نہ تھا۔

***

صدقہ

عبد القدیر گھر میں داخل ہوا تو محلے کی عورتیں، دور قریب کے کچھ رشتے دار، اس کے آبائی قصبے کے پرانے گھر کے چھوٹے سے کمرے میں اس کی بیمار ماں کی چارپائی کے ارد گرد جمع تھے۔

سب کے چہرے فکر مند تھے۔ کچھ لوگ دھیمی دھیمی آواز سے ورد کر رہے تھے۔ پورا ماحول بوجھل تھا اور اس سے زیادہ بوجھل عبد القدیر کے قدم تھے۔ دروازے سے ماں کی چارپائی تک کا فاصلہ اس نے یوں طے کیا جیسے کوئی کمزور اور بیمار کسی پہاڑ کی چوٹی سر کرتا ہو۔

عبد القدیر نے قریب جا کر ماں کے چہرے کو دیکھا، اسے اندازہ ہوا کہ طبیعت پہلے سے کہیں زیادہ خراب ہے، جس کی تصدیق ماں کے سرہانے بیٹھی اس کی
بیوی کی آن سو بھری آنکھوں نے کر دی۔

عبد القدیر کی ماں کئی سال سے فالج زدہ تھی۔ اس کی بیماری کی وجہ سے اس نے اپنی بیوی کو ماں کے پاس خدمت کے لیے چھوڑ رکھا تھا۔

عبد القدیر قصبے کے ایک پرانے اسکول کے ٹیچر کا بیٹا تھا۔ باپ کے اچانک گزر جانے کے بعد اس کی ماں تنگ دستی میں محنت کر کے جیسے تیسے اسے کچھ تعلیم دلا پائی تھی اور وہ بڑی تگ و دو کے بعد قریب کے شہر میں ایک اسکول میں چپراسی کی ملازمت حاصل کر پایا تھا۔ اسے وہ دن یاد تھا جب اپنی ملازمت کی پہلی تنخواہ اس نے اپنی بیوہ ماں کی ہتھیلی

پر رکھی تھی تو وہ جوان عبد القدیر کو بچوں کی طرح لپٹا کر رو پڑی تھی اور عبد القدیر نے ماں کے آنسو پونچھتے ہوئے سمجھایا تھا کہ اب پریشانی کے دن دور ہو چکے ہیں۔ اس نے سوچا تھا کہ ماں کو اپنے ساتھ شہر لے جائے گا، اس کو آرام سے رکھے گا اور وہ کرتا بھی ایسا ہی اگر اس کی ماں پر فالج کا حملہ نہ ہوا ہوتا اور اس نے اس گھر کو نہ چھوڑنے کی ضد نہ پکڑ لی ہوتی۔ اس نے نہ صرف یہ ضد پکڑ لی تھی کہ وہ جس گھر میں دلہن بن کر آئی تھی وہیں سے اس کا جنازہ بھی اٹھے گا بلکہ اس پر بھی مصر تھی کہ اب عبد القدیر کو فوراً شادی کر لینی چاہیے۔ عبد القدیر نے بھی یہ سوچ کر ماں کی ضد پوری کر دی تھی کہ بیمار ماں کی تیمارداری کے لیے بھی کسی کی مستقل ضرورت تھی۔ چنانچہ کئی سال سے اس کی بیوی ماں کی تیمارداری میں اور عبد القدیر شہر میں اپنی نوکری میں لگا ہوا تھا۔ اپنی بساط بھر جتنا اس سے ممکن تھا اس نے کیا مگر اس کی ماں کی بیماری اور گھر کی غربت میں اضافہ ہی ہوتا گیا۔

ڈاکٹر، حکیم جواب دے چکے تھے۔ عبد القدیر کی ماں کو نزع کے عالم میں کئی دن ہو چکے تھے۔ اس سے ماں کی تکلیف دیکھی نہیں جاتی تھی۔ اس کے دل کو چین تھا نہ اس کی ماں کو آرام۔ بے چینی اور لاچاری کی کیفیت میں وہ محلے کی قریبی مسجد کے امام صاحب کے پاس دعا کے لیے گیا۔ انسے اپنی ماں کی کیفیت بیان کی۔ امام صاحب نے شفقت کے ساتھ اسے مشورہ دیا کہ وہ صدقہ کرے۔ ایسے موقعوں پر صدقے سے مشکل آسان ہو جاتی ہے اور عبد القدیر کے چہرے پر سوالیہ نشان دیکھ کر انھوں نے سمجھایا کہ کسی بہت بڑی رقم کی ضرورت نہیں ہے۔ چند سو روپے میں اوسط درجے کی ایک بکری یا بکرا مل جاتا ہے۔ اس نے اپنے پرانے کوٹ کی جیب میں ہاتھ ڈال کر کچھ نوٹوں کو محسوس کیا اور یہ سوچ کر شرفو گڈریے کے گھر کی طرف چل دیا کہ یا تو کوئی بکرا اس کے یہاں مل جائے گا یا پھر وہ کسی اور سے مناسب داموں میں دلا دے گا۔

شر فو گڈریا محلے کے آخری سرے پر رہتا تھا۔ عبد القدیر اسے اپنے بچپن سے دیکھتا آیا تھا۔ بہت ساری بکریوں، بھیڑوں کے پیچھے پیچھے، ہاتھ میں کھجور کی پتلی سی ٹہنی لیے جنگل کی طرف جاتا یا جنگل سے آتا ہوا گڈریا ہمیشہ اسے پر کشش اور پر اسرار سا لگتا اور وہ دیر تک گلّے کو آتے جاتے دیکھتا رہتا۔

عبد القدیر شر فو گڈریے کے چھپّر کے قریب پہنچا تو اسے آس پاس کوئی نظر نہیں آیا۔ اس نے اندر جھانکا تو ٹوٹی ہوئی کھاٹ پر ایک بوڑھا سا نسیں بھوگ رہا تھا۔ بہت قریب سے دیکھنے پر عبد القدیر پہچان گیا کہ وہ شر فو گڈریا ہے،۔ عبد القدیر سوچنے لگا کہ کیا سچ مچ یہ وہی گڈریا ہے جو گلّے کو یوں سمیٹے چلتا تھا جیسے ماں اپنی اولاد کو۔ ماں کے خیال سے اس کی آنکھیں بھر آئیں، وہ اور قریب گیا تو گڈریے نے اس کو ایسی نگاہوں سے دیکھا جس کے بعد کچھ کہنے سننے کے لیے لفظوں کی ضرورت نہیں رہتی۔

عبد القدیر نے اپنے پرانے کوٹ کی جیب میں ہاتھ ڈالا اور اپنا ہاتھ خاموشی سے گڈریے کے سرہانے سرکا دیا۔ گڈریے کی آنکھیں تشکر سے بوجھل تھیں۔

عبد القدیر گھر لوٹا تو اس کی بیمار ماں کو ابدی سکون حاصل ہو چکا تھا۔

وہ ماں کے جنازے کو کاندھا دیتا ہوا مجمع کے ساتھ آگے بڑھ رہا تھا۔ گلی کے نکڑ پر ایک بکری میمنوں کو دودھ پلا رہی تھی۔ آس پاس کئی بچے اچھل کود کر رہے تھے۔ عبد القدیر نے بکری کے بچوں کی طرف دیکھا۔ اسے محسوس ہوا کہ اس کے کاندھے پر ماں کا جنازہ پھولوں کی ٹوکری کی طرح ہلکا ہو گیا ہے اور وہ دھیرے دھیرے جنازہ اٹھائے آگے بڑھ گیا۔

* * *

بک شیلف

رات کے پہلے پہر میں وہ دفتری سفر سے گھر لوٹا تو کافی سامان نئے مکان کے باہر لان میں پڑا ہوا تھا۔ جب وہ ٹور پر جا رہا تھا تو اس نئے مکان میں شفٹنگ شروع ہو چکی تھی۔ چاہتا تو وہ یہی تھا کہ پرانے مکانسے پوری طرح نئے مکان میں منتقل ہونے تک ٹور تو کیا وہ آفس بھی نہ جائے اور اس نے کچھ دن کی چھٹی لے بھی لی تھی مگر کسی دفتری مجبوری کی وجہ سے اسے چھٹی منسوخ کر کے اچانک سفر اختیار کرنا پڑا تھا۔ ملازمت بہر حال ملازمت ہے، چاہے وہ افسر کی ہی کیوں نہ ہو، چنانچہ جاتے جاتے وہ اہلِ خانہ سے کہہ گیا تھا کہ شفٹنگ کا کام جاری رکھا جائے، وہ ایک دو دن میں آ ہی جائے گا، اور ہوا بھی ایسا ہی اور جب وہ سفر سے لوٹا تو اس نئے مکان کے لان میں کئی دوسری چیزوں کے ساتھ اس کی وہ بک شیلف بھی رکھی تھی جسے اس نے ہمیشہ اپنی مختصر سی لائبریری کے طور پر سجوئے رکھا تھا۔

وہ ایک پرانا سرکاری ملازم تھا، اب رٹائرمنٹ کے قریب تھا مگر سرکاری ملازمت کی ساری مدت میں وہ کیسے بھی چھوٹے سے چھوٹے مکان میں رہا ہو، کتابوں کا یہ شیلف ہمیشہ مکان کے اہم کونوں میں جگہ پاتا رہا تھا۔ کتابوں کے اس ستھرے ذوق نے ہی غالباً اس کو فائلوں کے بے جان کاغذوں اور دفتر زدہ جسموں کے درمیان سالہا سال گھرے رہنے کے باوجود باطنی طور پر خود کو زندہ رکھنے میں مدد کی تھی، اس میں ابھی تک وہ گوشہ محفوظ تھا جس میں جذبہ، تہذیب اور تربیت سان س لیتے ہیں۔ اسے یاد تھا کہ قصبے کے بڑے سے گھر کے چھوٹے بچے جب خود مدرسے جانے کے لائق ہو جاتے تو اونچی

دیواروں والے دالانوں میں بنی چھوٹی چھوٹی سی الماریوں میں سے

ایک الماری، جسے ان کے یہاں کھڑکی کہتے تھے، اس بچے کے اختیار میں دے دی جاتی۔ یہ چھوٹی سی الماری اس کی پوری دنیا بن جاتی وہ اسے صاف کرتا، سجاتا اور اپنا قائدہ ،کاپی قلم اور بہت سی ایسی چیزیں جنھیں وہ اہم سمجھتا اس میں رکھتا تھا۔ کچھ اور بڑی کلاسوں میں جاتا تو اسے گھر میں بڑی الماری مل جاتی اور بالغ ہو کر الگ ایک کمرہ مل جاتا گویا معاشرتی تربیت تھی جو مرحلہ وار طے ہوتی۔

سرکاری ملازمت کے سلسلے میں شہر آکر اسے پڑھنے کے لیے الگ کمرہ تو در کنار کبھی الگ سے کوئی گوشہ بھی میسّر نہیں ہوا مگر اس نے اس بات کا اہتمام رکھا کہ اسے اپنے لیے جو گوشہ بھی میسّر آئے اس میں کتابوں کے اس شیلف کو ایڈجسٹ کرے اور اب تو خیر سینئر ہونے کے ناطے اسے اچھا خاصا بڑا مکان ملا تھا اس کا ارادہ تھا کہ وہ جلد ہی ایک بڑی سی الماری خریدے گا اور باقاعدہ اپنا اسٹڈی روم بنائے گا مگر بڑا مکان ملنے پر اس کے چھوٹے سے بک شیلف کو غیر ضروری سامان کی فہرست میں ڈال دیا گیا تھا اور اب رات کی نیم تاریکی میں نئے مکان کے لان میں ایسے رکھا تھا جسے رکھا ہوا نہیں پڑا ہوا کہتے ہیں۔

"کیسا رہا آپ کا سفر ؟" کھانے کی میز پر اس کے سامنے کھانا پروستے ہوئے اس کی بیوی نے پوچھا۔

"سرکاری ٹور سب ایک جیسے ہوتے ہیں بس وہی روٹین ورک۔

نئے مکان میں شفٹنگ میں کوئی پریشانی تو نہیں ہوئی" اس نے پوچھا۔

"نہیں۔ سجاوٹ کیسی لگی آپ کو؟"

کافی اچھی ہے، بس کچھ چیزوں کو شاید ایڈجسٹ نہیں کیا جاسکا۔"

"ہاں اصل میں بچے کچھ نئی چیزیں خرید لائے تھے اس لیے کچھ چیزوں کے لئے جگہ نہیں بچی"

'جو چیزیں ایڈ جسٹ ہونے کی طاقت نہیں رکھتیں، وہ کہاں جگہ بنا پاتی ہیں۔ اس کا دل چاہا زور سے چلّا پڑے اور مکان میں موجود لوگوں کو بتائے کے کتنے سال سے وہ سب کو ایڈ جسٹ کئے ہوئے ہے۔ اگر وہ ایسا نہ کرتا تو شاید تم یہ نئی چیزیں خریدنے کے لائق ہی نہ ہوتے، مگر وہ خاموشی پسند ایک صلح کل شخص تھا۔ ایک خاص تہذیب کا پروردہ ہونے کی وجہ سے بہت مرتبہ اس کا ردِ عمل عام لوگوں سے مختلف ہوتا تھا۔ اس نے خاموشی سے کھانا کھایا اور اپنے سونے کے کمرے میں چلا گیا۔

اس کے کمرے کی کھڑکی اسی لان میں کھلتی تھی جہاں دوسری چیزوں کے ساتھ اس کی بک شیلف بھی پڑی ہوئی تھی۔ اس نے ارادہ کیا کہ ابھی کے ابھی لان میں سے کتابیں لا کر اپنے کمرے میں کچھ جگہ بنا کر صحیح جگہ رکھ دے، مگر بیچ رات میں سامان ادھر سے ادھر کرنا اور سب کو جگانا اسے مناسب نہ لگا۔ وہ سونے کی کوشش کرنے لگا مگر سفر کی تھکان کے باوجود اسے نیند نہ آئی۔ اس نے کھڑکی کے باہر جھانک کر دیکھا، اسے محسوس ہوا کہ اس کے بچپن کے کچھ دوست، اس کے کئی محسن رات میں گھر کے باہر کھڑے اس کو عجیب نگاہ سے دیکھ رہے ہیں۔ کئی کتابوں کے کردار شیلف سے باہر نکل آئے تھے اور اس سے استفسار کرنے لگے تھے:

"کیوں جناب بس ہو چکی دوستی، ایک تو ایسے موقع پر ہمیں تنہا چھوڑ کر چلے گئے جب ہماری جگہ بدلی جا رہی تھی اور اب کیسے آرام سے نئے مکان میں بستر پر دراز ہیں اور ہم یہاں لان میں ٹھٹھر رہے ہیں۔"

کسی کردار نے اس کی ونڈو تھام لی تھی، کوئی کہہ رہا تھا 'ہم نے تمھاری اداسیوں

، تمھاری تنہائیوں میں تمھارا کتنا ساتھ دیا مگر تم۔۔۔۔۔۔'

'مجھے تو تم جانتے ہو نا، مجھ سے تو تمھیں لگ بھگ عشق تھا'، کہانی کی ایک ہیروئن نے اسے یاد دلایا: 'تم نے میرے نام پر اپنی بچی کا نام تک رکھ دیا، مگر۔۔۔۔'۔

رات کا آخری پہر ہو چکا تھا، نیند اس کی آنکھوں سے کوسوں دور تھی۔ بے قراری کے اسی عالم میں اس نے صبح کی۔

اگلی صبح لوگوں نے دیکھا کہ وہ گھر کے باہر لان میں رکھے بک شیلف میں سے کتابیں اس طرح منتقل کر رہا ہے جیسے کسی کی انگلی تھام تھام کر اندر لا رہا ہو۔ اس کے چہرے کے تاثرات نے کسی کو جرأت نہ ہونے دی کہ اس سے کچھ سوال کر سکے۔

شیلف سمیت ساری کتابیں اندر لا کر وہ آرام سے کرسی پر آکر ایسے بیٹھ گیا جیسے اس کے کمرے میں اس کی پسند کے بہت سے دوست جمع ہوں۔ سفر کی تھکان اور نیند کا خمار اس کی آنکھوں سے غائب تھا، اس نے کھڑکی میں سے کمرے کے باہر نظر ڈالی جہاں دونوں جوان ایک پرانے سے اسکوٹر پر ایک بڑا سا ٹی وی سیٹ ڈھوئے لے جا رہے تھے۔

اس کے ہونٹوں پر ایک معنی خیز مسکراہٹ چمکی۔ بہت اطمینان کے ساتھ اس نے شیلف سے ایک کتاب نکالی، اس پر ایسے ہاتھ پھیرا جیسے کسی بے تکلف دوست سے ہاتھ ملا رہا ہو اور سکون کے ساتھ بیٹھ کر پڑھنے لگا۔

***

جنگل

کئی برس بعد وہ ماں باپ کی قبروں کے پائنتی ہاتھ باندھے کھڑا تھا۔ آنکھیں دھندلا رہی تھیں، بوڑھے ہو چلے رخسار آنسوؤں سے تر تھے اور اس کا جسم شدّتِ جذبات سے کانپ رہا تھا۔ اسے محسوس ہو رہا تھا کہ وہ چھوٹا سا بچہ ہے اور اس کی ماں اُسے پیار کر رہی ہے۔ آنکھیں بند کیے کیے اس نے اس کیفیت کو دیر تک محسوس کیا، رندھے ہوئے گلے، کانپتی آواز کے ساتھ فاتحہ مکمل کی، بھیگے ہوئے رخساروں پر ہاتھ پھیرا اور قبرستانسے باہر آنے کے لیے پلٹا۔ اچانک اسے محسوس ہوا کہ باہر جانے کا راستہ اسے معلوم نہیں ہے، یا راستہ اسے یاد نہیں ہے یا شاید باہر جانے کے سارے راستے اس کی عدم موجودگی میں مسدود کر دیے گئے ہیں۔ اس کو اگر پتہ ہوتا کہ اس کے جانے کے بعد راستے یوں بند کر دیے جائیں گے تو شاید وہ جاتا ہی نہیں، مگر اب کچھ نہیں ہو سکتا تھا، اسے گئے ہوئے برسوں بیت چکے تھے اور واپسی اس کے اختیار سے باہر تھی۔

اس کے ساتھ اکثر یہی ہوتا تھا کہ راستہ اس سے گم ہو جاتا تھا۔ بچپن میں تو وہ اکثر تعجب خیز طریقے پر اپنے گھر کے آس پاس ہی کھو جاتا تھا اور اسے محسوس ہوتا تھا کہ وہ گھر کے آس پاس نہیں بلکہ کسی ایسے ختم نہ ہونے والے لامتناہی جنگل میں ہے جہاں دور دور تک کوئی راستہ نہیں ہے مگر کوئی نہ کوئی پہچان والا اس کی انگلی پکڑ کر اسے گھر چھوڑ جاتا۔

'راستے کا دھیان رکھا کر بیٹے' کسی دن سچ مچ کھو جائے گا۔' ماں سمجھاتی

مگر صحیح سلامت پہنچے پر بھی وہ دیر تک سسکتا رہتا 'اب کیا بات ہے' اب تو گھر آگیا

ہے'۔ کوئی دلاسہ دیتا۔

'اگر پھر کھو گیا تو' وہ ہچکیاں لیتے لیتے کہتا اور ماں کی گود میں سر رکھ کر سو جاتا۔

"کیا ہوا؟" قبرستان میں اس کے ساتھ فاتحہ پڑھنے آئے بھائیوں نے اس کو بہت دیر تک خاموش دیکھ کر پوچھا۔

'کچھ نہیں'۔ وہ چونکا۔ قبرستان میں ہر قبر اپنی جگہ تھی۔ باہر جانے کا راستہ بھی سامنے صاف اور کھلا ہوا تھا۔ وہ بھائیوں کے ساتھ گھر کی طرف چل پڑا۔ راستے میں اس نے دیکھا کہ بہت سی چیزیں نا قابلِ شناخت حد تک بدل گئی ہیں۔ کئی عمارتوں کی جگہ دکانوں نے لے لی تھی، وہ بڑا سا تالاب جس میں اس نے تیرنا سیکھا تھا پاٹ دیا گیا تھا اور اب اس کی جگہ ایک بڑی فیکٹری بنانے کی تیاری تھی۔

"کافی چیزیں بدل گئی ہیں" اس نے بھائی کو مخاطب کر کے کہا، جس کے چہرے پر پتہ نہیں کیوں اس کے آنے کے بعد سے اکتاہٹ سی تھی۔

'ہاں' اتنے عرصے میں تو کافی چیزیں بدل جاتی ہیں" جملہ ایسے ادا ہوا تھا یا کم از کم اسے ایسا لگا تھا جیسے چیزوں کے بدل جانے میں اس کے یہاں سے چلے جانے کا دخل ہو۔ "آپ برسوں بعد آئے ہیں اس لیے ایسا لگ رہا ہے ہم لوگ تو عادی ہو چکے ہیں۔" اسے خیال آیا واقعی اس بار وہ بہت عرصے بعد آیا ہے۔ والدین زندہ تھے تو بہت جلد جلد آتا تھا۔ ان کے بعد یہ وقفہ بڑھتے بڑھتے برسوں پر محیط ہو گیا۔ مگر پھر بھی، جب بھی اس کا دل گھبراتا یا بڑے شہر کی بھیڑ میں تنہائی نا قابلِ برداشت ہو جاتی تو اپنے آبائی وطن میں پناہ لیتا۔

بڑے شہر میں برسہا برس سے رہنے کے باوجود اکثر اسے لگتا کہ وہ کل ہی آیا ہے اور آج چلا جائے گا۔ اکثر اسے بچپن کی طرح محسوس ہوتا کہ وہ راستہ بھول گیا ہے اور گھر کی

تلاش میں بھٹک رہا ہے۔ کبھی شہر کے معروف ترین چوراہوں پر اسے محسوس ہوتا کہ وہ ایک سنسان جنگل کے ختم نہ ہونے والے سلسلے میں گم ہو گیا ہے۔ایسی کیفیات جب شدّت اختیار کر لیتیں تو وہ خاموشی سے اپنے وطن کا رخ کرتا، اسے یہاں ماں کی گود کی نرمی اور باپ کی مشفق نظر کا سا سکون ملتا۔ یہاں کے جنگل، لہلہاتے کھیت اسے اپنی طرف بلاتے اور خاموش گلیاں بھی سرگوشیاں کرتی محسوس ہوتیں۔ مگر ادھر بہت عرصے سے کوشش کے باوجود وہ یہاں نہ آسکا تھا اور اب آیا تھا تو بہت کچھ بدلا بدلا سا نظر آرہا تھا۔ اسے اس مرتبہ یہاں آنے کے بعد سے ہی لگ رہا تھا جیسے سب کے چہرے سوال ہیں۔ اس کے بھائی، بھابیاں، اس کے عزیز و اقارب اس سے کچھ استفسار کرنا چاہتے ہیں مگر اس نے اس خیال کو مسترد کر دیا کہ یہ صرف اس کا وہم ہے، وہ چند دن کے لیے آیا ہے تو اس میں سوال کی کیا بات ہے۔

رات ہو چکی تھی۔ وہ بھی سونے کی کوشش کرنے لگا۔ قریب کے کمرے سے اس کی بھابھی کی آواز آرہی تھی: "تمھیں پوچھنا چاہیے تھا کہ وہ آخر کیوں آیا ہے، میں تو کہتی ہوں اس کے سوا کوئی وجہ نہیں ہو سکتی، دیکھ لینا ایک دو دن میں ہی گھر میں حصہ مانگ لے گا۔ اس مرتبہ بیچنے کے ارادے سے آیا ہے تبھی تو اتنی محبت جتا رہا ہے۔ وہ مکان میں حصہ۔۔۔"

اس نے خاموشی سے سنا، اٹھا اور مکانسے باہر آگیا۔۔ اسے محسوس ہوا کہ شہر کا سارا جنگل اچانک یہاں در آیا ہے۔ وہ ختم نہ ہونے والے سنسان جنگل میں گھر کا راستہ گم کر چکا ہے اور شاید اب کبھی اس سے باہر نہیں آسکے گا۔

***

ڈھلواں چٹان پر لیٹا ہوا آدمی

"نانا! وہ بھوت والی بیری تو ہم نے دیکھی ہی نہیں، وہی بھوت والا بیری کا پیڑ"۔ چار سال کی تیز طرار بچی نے سوال کیا اور پچاسی سال کے نانا کے چہرے پر، نہ سمجھ پانے والے تاثرات پاکر دہرایا۔

"وہی بھوت والا بیری کا پیڑ جو بڑے نانا نے آپ کو بتایا تھا"،

"اچھا وہ، پھر کبھی جائیں گے تو دکھا دیں گے۔" نانا نے شاید ٹالنے کے لیے چلتی کار کے باہر کے مناظر دیکھتے ہوئے جواب دیا، جہاں سڑک کے دونوں طرف دور دور تک درخت اور ہرے بھرے کھیت تھے۔ گاڑی کے سب سے پچھلے حصّے میں بیٹھے پچّاسی سالہ بوڑھے کا دل چاہا کہ اس کو صاف صاف بتا دے کہ اب وہ بیری کا پیڑ کیا لگ بھگ سارے ہی پیڑ کٹ چکے ہیں، ان کی جگہ لوہے کے اونچے اونچے ٹاوروں نے لے لی ہے، اب بھوت پیڑوں پر نہیں، ان ٹاوروں میں رہتے ہیں، ان کی ہی زبان بولتے ہیں، مگر وہ چپ رہا، برسوں پہلے اس نے بولنا بہت کم کر دیا تھا، اسے لگتا تھا کہ جامد چیزیں اتنا بول رہی ہیں کہ اس کا بولنا بے کار ہے۔ اس شور میں اس کی کون سنے گا، کیوں سنے گا، ایک لا تعلقانہ خاموشی،، ایک سناٹے بھری باطنی چپ اس میں در آئی تھی۔

بڑے شہر کی مہنگی جگہ میں بسنے والی فیملی کے یہ افراد، پرانے قصبے سے ایک شادی میں شرکت کر کے لوٹ رہے تھے۔ اس وقت اس بڑی گاڑی میں تقریباً پچاس سال کا

ایک شخص، اس کی بیوی، دو بچے، ایک لڑکا، شادی شدہ ایک لڑکی، اس کی چار سالہ نواسی اور اس کے پچاسی سالہ باپ موجود تھے۔ گویا کہا جائے کہ ایک بزرگ کی فیملی کے لوگ۔۔۔ نہیں اس بوڑھے کی فیملی کہاں، وہ تو بہت پہلے ہوا کرتی تھی۔ یہ تو اس کے بیٹے کی فیملی ہے جس میں وہ رہ رہا تھا، بلکہ رکھا ہوا تھا، جیسے اس دوڑتی کار میں، اس کے بیٹے کے مکان میں اور بہت سی چیزیں رکھی ہوئی تھیں۔ وہ کبھی اپنے دادا کے خاندان میں رہتا تھا، جس میں اس کے باپ کی عمر کے لوگوں کو بھی بچوں جیسا پیار ملتا تھا۔ اب اپنے ادھیڑ عمر کے بیٹے کی فیملی میں اسے اس کی پینشن کی رقم کے ساتھ ایڈجسٹ کیا گیا ہے۔

گاڑی اپنی رفتار سے چلی جا رہی تھی۔ باہر دیکھتے دیکھتے اکتائی ہوئی بچی نے پھر سوال داغا: "نانا آپ نے وہ بھوت دیکھا جو۔۔۔۔"

"اُف! یہ کیا بھوت بھوت لگا رکھا ہے، کوئی اور بات نہیں ہے کرنے کے لیے، میں نے پہلے ہی منع کیا تھا کہ وہاں جانا بیکار ہے مگر۔۔۔۔۔۔۔۔۔۔۔"

اس بار بچی کی ماں نے اسے ٹوکا۔

"اس کو ڈانٹنے کا کیا فائدہ، بچوں میں ہر بات جاننے کی خواہش زیادہ ہوتی ہے۔ میں نے ہی جانے سے پہلے یوں ہی یہ قصہ اس کو سنا دیا تھا۔" اتنا کہہ کر اس نے گاڑی کے پچھلے حصے میں دیکھا اور یہ دیکھ کر مطمئن ہو گیا کہ اس کا باپ سیٹ کے پچھلے حصے سے کمر ٹکائے آنکھیں بند کئے سو رہا ہے۔ جبکہ حقیقت تو یہ ہے کہ اس کا باپ مدتوں سے پوری طرح نہ سویا تھا، نہ جاگا تھا۔ وہ آنکھیں اس لیے بند رکھتا تھا کہ آنکھیں کھلی رکھنے پر جو کچھ نظر آتا ہے وہ اس کو دیکھنا نہیں چاہتا اور جو کچھ آنکھیں بند کر کے نظر آتا ہے وہ موجود نہیں ہے۔ اسے خود ایسا لگتا تھا کہ وہ ایک ڈھلواں چٹان پر لیٹا اونگھ رہا ہے، بس ایک کروٹ لی

اور۔۔۔۔

"مجھے ابّا نے بتایا تھا" باپ کو سوتا سمجھ کر اس نے بیان کرنا شروع کیا: "ہمارے قصبے والے محلّے میں آخری سرے پر بیری کے پیڑ کے نیچے ایک پرانا کنواں تھا۔ ہینڈ پمپ لگ جانے کے بعد استعمال نہ کیے جانے کی وجہ سے وہ گندہ ہو گیا تھا۔ محلّے کے لوگ اس میں کوڑا کرکٹ ڈالنے لگے تھے۔ آتے جاتے بچے اس میں پتھر پھینکتے تھے۔ اس کے چاروں طرف کی دیواریں ٹوٹ گئی تھیں اور آس پاس کھیلتے بچوں کا اس میں گر جانے کا اندیشہ بڑھ گیا تھا۔۔۔۔

قصبے کی میونسپلٹی کو توجہ دلائی گئی، مگر اس کو پاٹا نہیں گیا۔ کئی مرتبہ اس کو بند کرنے کی بات ہوئی مگر کسی نے پہل نہ کی۔ اس محلّے میں ایک عورت ایسی بھی تھی جو اوروں جیسی نہ تھی۔ لوگ اس عورت کو اماں بی کے نام سے جانتے تھے۔ ان کا یہ نام کب اور کیسے پڑ گیا معلوم نہیں۔ اماّں بی، جوانی میں ہی بیوہ ہو گئی تھیں۔ ان کے شوہر اتنا چھوڑ گئے تھے کہ وہ عزّت سے گزارا کر سکیں۔۔۔

"اماں بی بڑی ہمت کی، سلیقہ مند اور باذوق خاتون تھیں۔ پورے محلّے کے بچوں کو مفت پڑھاتی تھیں، اپنے بڑے سے گھر میں غیر رسمی مدرسہ کھول رکھا تھا۔۔۔

"پردہ نشین خاتون تھیں مگر بہت باخبر تھیں، ان کی ذہانت اور شرافت سے ان کی سادگی کے باوجود لوگ بہت متاثر تھے۔ اپنے مزاج کے اعتبار سے وہ بہت سوشل تھیں، ہر اجتماعی بہبود کے کام میں پیش پیش رہتیں۔ کوئی بیمار ہو تو اماں بی اپنا لمبا سا سفید چوغہ نما برقعہ سر پر ڈال، تیمار داری کے لیے نکل کھڑی ہوتیں۔ کسی کا قرض ادا کرا رہی ہیں، کسی جھگڑے کا فیصلہ کرا رہی ہیں کسی کے لیے خط لکھ رہی ہیں تو کسی کو گھر چلانا سکھا رہی ہیں اور

وہ یہ سب کچھ ذاتی مفاد کے لیے نہیں بلکہ ثواب کی نیت سے اور اپنے وقت کے صحیح استعمال کے لیے کرتی تھیں۔۔۔

اماں بی نے بھی کئی مرتبہ اس محلے کے لوگوں کو اس گندے کنویں کو پاٹنے کی طرف توجہ دلائی مگر قسمت میں تو کچھ اور لکھا تھا۔ ایک دن اماں بی کے یہاں پڑھنے والے بچوں میں سے ایک بچہ اس کنویں میں گر گیا۔ جب تک اس کو بچانے کی نوبت آتی وہ معصوم دم توڑ چکا تھا۔ اماں بی سے رہا نہ گیا، انھوں نے حسبِ معمول اپنا شٹل کاک والا سفید برقعہ سر پر ڈالا، گھر سے پھاوڑا اور ٹوکرا اٹھایا اور کنویں کے پاس جا کر مٹی کھود کھود کر کنویں کو پاٹنا شروع کر دیا۔ دیکھتے ہی دیکھتے محلے کے لوگ اور آس پاس کے محلوں کے لوگ جمع ہو گئے، شام ہوتے ہوتے کنویں کو پاٹ دیا گیا۔۔۔

اگلے دن اماں بی اپنے بڑے سے گھر میں مردہ پائی گئیں۔

لوگوں میں یہ بات مشہور ہو گئی کہ اماں کو بھوتوں نے مارا ہے۔ بیری پر رہنے والے بھوت اس کن ویں کا استعمال کرتے تھے کنواں بند کر دینے سے غصے میں آئے بھوتوں نے اماں بی کا گلا دبا دیا۔ مدتوں تک لوگ بیری پر بسے بھوتوں پر یقین نہ کرنے کے باوجود رات بے رات اس بیری کے قریب سے گزرتے ہوئے ڈرتے تھے۔

"کیا سچ مچ وہاں بھوت رہتے تھے" لڑکی نے گاڑی کے پچھلے حصے میں ٹیک لگائے بیٹھے ہوئے بوڑھے کی طرف دیکھ کر ایسے پوچھا جیسے بھوتوں کا اس بوڑھے سے کوئی براہ راست تعلق ہو۔ "نہیں بیٹی یہ تو یوں ہی لوگوں کے دلوں میں۔۔۔"

"بڑے نانا جھوٹے ہیں" چار سالہ بچی نے اچانک اعلان کیا اور سب لوگ ایسے ہنس پڑے جیسے کسی نے کوئی لطیفہ سنایا ہو۔ گاڑی کے پچھلے حصے میں

آنکھیں بند کیے بیٹھے پچاسی سال کے بوڑھے نے سنا، چونک کر گاڑی سے باہر دیکھا اسے محسوس ہوا کہ اونچے اونچے درختوں اور دور تک پھیلے ہوئے کھیتوں کی جگہ اونچے لوہے کے ٹاور اُگ آئے ہیں جن میں ان گنت بھوت، چڑیلیں، پچھل پیریاں اور چنڈالیں چمگادڑوں کی طرح الٹی لٹکی ہوئی چلّا رہی ہیں۔ اس نے آنکھیں بند کر لیں۔

دو موٹے موٹے آنسو جھرّیوں بھرے رخساروں پر بہتے ہوئے سفید داڑھی میں جذب ہو گئے ہیں اور کار تیزی کے ساتھ شہر کی طرف دوڑ رہی ہے۔

***

مشاعرہ جاری ہے

مشاعرہ شباب پر تھا۔ یوں لگتا تھا کہ برقی قمقموں سے سجے وسیع وعریض پنڈال میں ساری آبادی امڈ آئی ہو۔ بہت بڑے اسٹیج پر سجے سجائے شاعر و شاعرات کے ساتھی کئی بڑے نیتا، اداکار اور آفیسرز براجمان تھے۔ سامنے بچھے صوفوں پر پہلی رو میں ہر طبقے کے مقتدر لوگ، بنی سنوری خواتین کے ساتھ ایسے بیٹھے تھے جیسے اپنی موجودگی کا احساس دلانے آئے ہوں۔ ریڈیو، ٹی وی والے، فوٹو گرافرز، اخبار والے اپنی اپنی جگہوں پر اپنا کام انجام دے رہے تھے اور اس ٹھاٹھیں مارتے ہوئے سروں کے سمندر میں ایک بوڑھا شخص پنڈال کے ایک کونے میں شامیانے کی بَلّی سے کمر ٹکائے ایسے بیٹھا تھا جیسے بارش اور دھوپ میں رنگ بدل چکی اس پرانی بَلّی کے ساتھ نصب کیا گیا ہو۔ اس کی آنکھیں اسٹیج پر تھیں، جن سے حیرت، استعجاب اور ہیبت عیاں تھی۔

وہ مائک پر تھی۔ اس کے دلنواز ترنم اور دلکش اداؤں نے مجمع کو مسحور کر رکھا تھا۔ اس نے کالے رنگ کی جارجٹ کی ساڑی پہن رکھی تھی، جسے اتنی مشاقی سے لپیٹا گیا تھا کہ ہر حرکت پر جسم کا کوئی ایک حصہ ہلکی سی جھلک دکھلا کر ایسے چھپ جاتا تھا جیسے بدلیوں میں چاند اٹھکھیلیاں کر رہا ہو۔ اس کی زلفیں لمبی اور نیم سنہری تھیں، جن کی ایک لٹ ماتھے پر ایسے جھکا لی گئی تھی جیسے پھولوں کی کوئی ڈالی لجائی سی جھکی ہوئی ہو۔ اس کا چہرہ کتابی تھا، کانوں میں گول گول ہالے اور ناک میں ہیرے کی نازک سی لونگ تھی، اس کے لباس کی بھینی بھینی خوشبو سے اسٹیج مہک رہا تھا۔ وہ سچ مچ بہت خوبصورت تھی اور عمر کے اس

حصے میں تھی جس میں حسن دیدہ زیب ہو جاتا ہے۔ اپنی لمبی نیم سنہری زلفوں کو جب وہ ایک خاص جھٹکے کے ساتھ لہرا کر مخصوص مسکراہٹ سے چاند سی ہتھیلی ماتھے تک لے جا کر آداب کرتی تو یوں لگتا جیسے دیکھنے والوں کے دل مٹھی میں لے کر نچوڑ دیے ہوں۔

سارا مجمع سحر زدہ سا تھا اور وہ بوڑھا شخص ہر مصرعے پر حیرانسا ایسے پہلو بدل رہا تھا جیسے کوئی بیش قیمت شے اس بوڑھے کے ہاتھوں سے نکلی جا رہی ہو جسے وہ محفوظ کرنا چاہتا ہو۔ اضطراب کے عالم میں بوڑھے نے ایک مرتبہ اس کے پڑھے بغیر مصرعہ پڑھا تو برابر سے کسی نے ٹوکا: "آپ تو آگے آگے ایسے سنا رہے ہیں جیسے یہ شعر آپ ہی کا ہو"۔ بوڑھے نے کہنے والے کی طرف ایسے دیکھا جیسے کہہ رہا ہو؛ میاں آپ کو کیا معلوم'، مگر دوسرے ہی لمحے اس کے ہونٹ خاموش ہو گئے اور ہاتھ دھن سے ہوئے بوڑھے پیٹ پر چلا گیا جہاں برسوں سے بھوک ڈیرا جمائے ہوئے تھی۔

ترنم اور حسن کی سحر کاری جاری تھی۔ مجمع اداؤں کے نشے میں چور تھا، کتنے ہی ہونٹوں پر تمنّا کی مسکراہٹ۔ کتنی ہی آنکھوں میں دید کی لذّت اور کتنے ہی دلوں میں ارمان انگڑائیاں لے رہے تھے، مگر پنڈال کی بَلّی سے پیٹھ لگائے حیرت زدہ مضطرب بوڑھے کی آنکھوں میں اداسی کی پرچھائیاں گہری ہوتی چلی جا رہی تھیں اور اسے یقین ہو چلا تھا کہ پیٹ کی خاطر اولاد کو بیچ دینے والی ساری خبریں سچی ہوتی ہیں۔ اس کے اندر دور کہیں کرب کی لہریں شدّت سے سر اٹھا رہی تھیں، اس کا دل بیٹھا جا رہا تھا، اسے کتابوں کے جلنے کی بو اور عمارتوں اور درختوں کے گرنے کی آوازیں آ رہی تھیں وہ اس اضطراب کے عالم میں پنڈال سے باہر نکل آیا۔

وہ بوڑھا شخص اب اپنے حجرے میں اضطراری طور پر موٹی موٹی پرانی چرمی جلدوں والی کتابوں، پرانے رسالوں، اخباروں کے ڈھیر میں کوئی چیز ایسی مستعدی سے تلاش کر

رہا تھا جیسے کوئی ہمدرد تیراک ڈوبتے کو بچانے کی کوشش کرتا ہے۔ اپنی پھولی ہوئی سانسوں اور ڈوبتی ہوئی نبضوں کے ساتھ بہت کوشش کے بعد اس نے کتابوں رسالوں اور اخباروں کے ڈھیر سے ایک قلمی بیاض نکالی اور اس پر دھیرے دھیرے اس طرح ہاتھ پھیرنے لگا جیسے کوئی باپ اپنی کھوئی ہوئی اولاد کے سر پر ہاتھ پھیرتا ہے۔ پھر اس نے بیاض کو اپنے دونوں ہاتھوں میں ایسے کھولا جیسے دونوں ہاتھوں پر مردہ بچے کی کفنائی ہوئی لاش لی جاتی ہے، اپنے چہرے کو جھکا کر ہاتھوں پر رکھی بیاض کو لاش کے ماتھے کی طرح چوما اور آنکھیں موندلیں۔

اگلی صبح کے اخبار میں مشاعرے کی کامیابی کی رپورٹ نمایاں طور پر شائع ہوئی مگر اس بوڑھے کے آنکھیں موندلینے کا کہیں کوئی تذکرہ نہ تھا۔

***

سیمینار جاری ہے

سیمینار شروع ہونے والا تھا، آڈیٹوریم تقریباً بھر چکا تھا۔ سجا سجایا اسٹیج خاص مہمانوں کے انتظار میں اس در بانسا لگ رہا تھا، جسے آج بہت دنوں بعد کلف لگی وردی پہنا کر گیٹ پر تعینات کر دیا گیا تھا۔ اسٹیج کے ماتھے پر ٹنگا بینر سہاگن کی بندیا کی طرح نمایاں تھا جس پر سیمینار کا موضوع جلی حروف میں درج تھا۔

ہال میں بیٹھے ہوئے لوگوں کی دھیمی دھیمی گفتگو بھی اچھی خاصی گونج پیدا کر رہی تھی اور سیمینار کی کرتا دھرتا مسز خان آڈیٹوریم کے گیٹ پر وی آئی پیز کے استقبال کے لیے سراپا سپاس بنی کھڑی تھیں۔، انھوں نے ہمیشہ کی طرح نہایت سادگی اور پرکاری سے خود کو اس طرح سجا رکھا تھا کہ ان کے قدرتی حسن میں بھی اضافہ ہو جائے اور ان کی شخصیت کا وقار بھی باقی رہے۔

مسز خان شہر کی مشہور سوشل ورکر اور ایک ایسی تنظیم کی بانی و سربراہ تھیں جس کا نعرہ تھا، سماجی برابری۔ خاص طور پر انھیں مزدور بچوں، گھریلو ملازمین کی فلاح و بہبود اور خواتین کے حقوق کے سلسلے میں ایک طاقت ور آواز کے طور پر پہچانا جاتا تھا۔

مسز خان خود بھی رائٹر تھیں اور اس سے زیادہ ان میں لوگوں کو جمع کرنے اور انتظامی امور کی صلاحیت تھی۔ وہ عمر کی چوتھی دہائی میں قدم رکھ چکی ایسی خاتون تھیں جن پر سے بہار گزر چکی تھی اور خزاں نے ابھی قدم نہیں جمائے تھے۔ ویسے بھی قدرت نے ان کو ایسے سلیقے اور متناسب اعضا سے نوازا تھا کہ جسم ان کی عمر کی چغلی کھانے سے

معذور تھا، ہاں کچھ زاویے ضرور ایسے تھے جن سے بہار کے گزر جانے کا صحیح اندازہ کیا جا سکتا تھا مگر ان زاویوں کو ایسا لباس دینے کا ہنر ان کو آتا تھا جس میں خزاں کے نقشِ قدم اتنے ماند پڑ جاتے ہیں کہ تجربہ کار نہ ہو تو باغباں بھی دھوکا کھا سکتا ہے۔

مسز خان نے اپنے اثر و رسوخ سے بڑے شہر کی اس سماجی زندگی میں ایک نمایاں مقام بنا لیا تھا۔ ان کے بارے میں مشہور تھا کہ انھوں نے نہ جانے کتنے گھریلو ملازم بچوں کو محنت بالجبر سے نجات دلائی تھی اور کتنی ہی بچیوں کا مستقبل سن وار چکی تھیں۔ ان کے بارے میں ان کے جرنلسٹ دوست آئے دن ایسی خبریں چھاپتے رہتے تھے جن سے اندازہ ہوتا کہ ان کی سماجی خدمات کی اہمیت کیا ہے۔ بارسوخ حلقوں میں یہ بات تسلیم کی جا چکی تھی کہ ان کی پرکشش شخصیت شہر کی ان ہستیوں میں نمایاں ہے جن کے دم سے محفلوں کی رونق زندہ ہے۔

وہ ہمیشہ اپنی تقریروں، تحریروں اور ذاتی گفتگو میں سماجی برابری کی اہمیت پر زور دیتی تھیں، وہ نہ صرف اس طرح کے موضوعات پر سیمینار کرتی رہتی تھیں بلکہ اخبارات کا کہنا یہ تھا کہ انھوں نے گھروں سے عملاً گھریلو مزدور بچوں کو نجات دلائی تھی اور آج کا سیمینار بھی اسی سلسلے کی کوشش کی ایک کڑی تھا۔

سیمینار شروع ہو چکا تھا، استقبالیہ، ہار پھول پہنائے جا چکے تھے۔ مسز خان تعارفی مضمون میں سیمینار کے موضوع، گھریلو ملازمین کے مسائل پر مسحور کن لہجے میں ہمیشہ کی طرح چھائی ہوئی تھیں۔ ان کے لہجے میں بلا کی شفقت اور آواز میں ایسی کشش تھی کہ بیشتر سامعین ان کی خدمات کے معترف اور ان کی شخصیت کی دل پذیری کے قائل ہو چکے تھے۔ تھوڑی دیر بعد ان کے کسی نہ کسی جملے پر ہال تالیوں سے گونج اٹھتا۔

مسز خان سیمینار کی کامیابی کی بنیاد ڈال کر اسٹیج سے آئیں تو تھوڑی دیر بعد تھکن

اتارنے کے لیے یہ سوچ کر گھر کی طرف چلی گئیں کہ کچھ دیر بعد پھر آ جائیں گی۔ مضمون کی فائل کو انھوں نے گورے گورے ہاتھوں میں ایسے پکڑ رکھا تھا جیسے ماں نے بچے کی انگلی تھام رکھی ہو۔ وہ اپنے گھر پہنچیں کال بیل کئی بار بجانے کے باوجود جب دروازہ نہیں کھلا تو انھوں نے جھنجھلا کر اپنی ریزرو چابی سے تالا کھولا، گھر میں داخل ہوئیں ان کا آٹھ دس سالہ ملازم ننگے فرش پر بے سدھ سو رہا تھا۔ مسز خان نے اپنے پاؤں کے انگوٹھے سے اس کو ایسے ہلایا جیسے سرکس کے کٹگھرے میں بند بھوکے، پیاسے، تنہائی سے نڈھال کسی جانور کو چھڑی کی نوک سے جگایا جاتا ہے۔ وہ ہڑبڑا کر اُٹھ بیٹھا اور اس سے پہلے کہ کچھ کہتا مسز خان کے زوردار تھپڑ کی گونج کے ساتھ فرش پر ڈھیر ہو گیا۔

مسز خان کے مضمون کے صفحات کفن کی طرح اس کے اوپر پڑے ہوئے ہیں۔ اور سیمینار جاری ہے۔

* * *

جشن جاری ہے

"بس یہی تھوڑی دوری پر پرانی حویلی کی اونچی دیواروں سے گھری اس خوب صورت سی عمارت کے لان میں جو قناتیں اور روشنیاں نظر آ رہی ہیں، یہیں تک جانا ہے آپ کو۔۔۔ گاڑی یہیں پارک کر دیجیے عمارت کے قریب پارکنگ کے لیے جگہ نہیں بچی، دراصل آپ لوگ کافی دیر سے آئے، جشن شروع ہوئے کافی دیر ہو چکی، کسی کو اب فرصت ہے نہ ضرورت کے آنے والوں کو راستہ دکھائے۔۔۔

'مجھے معلوم تھا، میرا تجربہ، میرا مزاج یہی کہتا ہے کہ ایسے موقعوں پر سب سے ضروری بات بھلا دی جاتی ہے اس لیے میں شروع سے ہی یہاں باہر کھڑا ہوں تاکہ آنے والوں کو عزت و احترام کے ساتھ جشن گاہ تک پہنچا سکوں۔ مجھے اندازہ تھا کہ جشن میں کافی لوگ آئیں گے۔ ظاہر ہے کہ جب اسپتال میں اس کو پوچھنے کے لیے بِن بلائے لوگوں کا تانتا بندھا رہتا تھا تو یہاں تو سب کو باقاعدہ بلایا گیا ہے۔ یہ بات اور ہے کہ وہ بے چارہ وہاں بھی تماشا تھا اور یہاں بھی تماشا ہے۔۔۔

ہاں! بس چلیے، یہی سامنے سجے ہوئے گیٹ پر، لیکن رکیے، آپ سے ایک بات کہنی بلکہ وعدہ لینا ہے۔۔۔

'نہیں کوئی ایسی بات نہیں ہے جسے آپ پورا نہ کر سکیں یا جسے کرنے میں آپ کو نقصان ہو۔ میں نے کافی لوگوں کو پہلے بھی یاد دلایا، وعدہ لیا مگر وہ جشن میں شامل ہو کر بھول گئے۔ آپ بہت اچھے مہذّب لوگ ہیں کم از کم آپ ضرور وعدہ بلکہ میری التجا پوری

کریں گے۔ آیئے جشن گاہ میں داخل ہو جایئے بس بھیڑ میں گم ہونے سے پہلے ادھر دیکھ لیجیے، ٹھیک سے دیکھیے جشن گاہ کے ایک کونے میں وہ ایک جنازہ رکھا ہے، دیکھ رہے ہیں نا!۔۔۔ہاں وہی بھیڑ سے ذرا الگ، سفید چادر میں لپٹا ہوا جو شخص لیٹا ہے، وہ شخص نہیں جنازہ ہے۔ کب کا مر چکا ہے وہ، مہربانی کر کے پہلے اسے دفنا دیجئے۔۔۔

دیکھئے آپ وعدہ کر چکے ہیں کہ آپ میری بات۔۔۔۔۔۔سن رہے ہیں نا! آپ اس شور میں۔۔۔ آپ تک میری آواز آرہی ہے نا!۔۔۔کچھ تو بولیے۔

"بھئی ماننا پڑے گا ساحل صاحب رائٹر ہی نہیں، آدمی بھی بڑے ہیں۔ دیکھیے ایک ایک مہمان کو خود ریسیو کر کے لا رہے ہیں۔۔۔"

"ہاں بھئی خوش نصیب آدمی ہیں ، شہرت بھی ہے، عزت بھی ہے پیسہ بھی ہے۔۔۔اور ایک عدد خوبصورت بیوی بھی ہے۔ "ایک شاعرہ ٹکڑا لگاتی ہوئی مسز ساحل کا ہاتھ تھامے گروپ میں شامل ہوئی۔" سچی بات تو یہی ہے کہ مسز ساحل کی خدمت گزاری نے بچا لیا ساحل صاحب کو، ورنہ طوفان میں تو وہ گھر ہی چکے تھے۔"

"جھوٹ، بالکل جھوٹ کہاں بچا ہے وہ، کہاں۔ مسز ساحل کی خدمت گزاری، جیسے فرج خراب ہو جائے تو ٹھیک کرانے کی فکر۔ فرج کے بغیر آج کل گھر چلنا کتنا مشکل ہے۔ مسز فریدی آپ کو تو یہ یاد ہو گا۔ آپ ہی سے تو کہا تھا مسز ساحل نے۔ کیا میں غلط کہہ رہا ہوں۔۔۔

'اور آپ، آپ مسٹر فرحت آپ کیوں نہیں پوچھتے آپ تو موت کی طرف اس کے بڑھتے قدموں کے نشانات کے چشم دید گواہ ہیں۔ آپ نے تو سنا تھا جب اس سے کہا گیا تھا کہ مسماۃ فلاں بنت فلاں بعوض۔۔۔ لیکن آپ نہیں بولیں گے، آپ سفید چادر میں لپٹے ہوئے اس شخص کی طرف دیکھیں گے بھی نہیں کیونکہ جشن جاری ہے، ہے نا یہی

بات۔۔۔

'جی! آپ مسٹر سشیل کمار، آپ مسز فاطمی کے آگے پیچھے رہیے لیکن ان کو اس بات کا بالکل احساس نہ دلایئے کہ ان خوبصورت آنکھوں پر جھکی پلکوں کے تیر آپ نے خود اس کے دل میں پیوست دیکھے ہیں کیونکہ آپ نہیں چاہیں گے کہ مسز فاطمی بھی اپنی پلکیں چنتے اس کے دل کے قریب جائیں۔ جایئے میاں، چپکے سے مسز فاطمی کا دل بہلایئے۔۔۔

'مسٹر فرقان آپ تو بہت نیک بہت سمجھدار آدمی ہیں نا، پھر آپ سچ کیوں نہیں بولتے۔ کیا آپ نے خود اس کو تل تل مرتے نہیں دیکھا۔ کیا یہ سچ نہیں ہے کہ آپ لوگ اسپتال سے ایک بے روح جسم کو اٹھا لائے ہیں اور اس کا جشنِ صحت منا رہے ہیں۔۔۔ دیکھو یہ ٹھیک نہیں، کم از کم تمھیں زیب نہیں دیتا، سن رہے ہو نا پہلے اس کی لاش کو دفنالو، پھر ہنسنا، باتیں کرنا جشن منانا۔۔۔

'اور تم! ہاں تم، اپنے باپ کے جشنِ صحت میں مست ہو اور یہ تمھاری نہیں، پاپا کے اسپتال سے آنے کی خوشی میں اور یہ سب کے سب رشتے دار ہیں نا، یہ سب کے سب صحت کے جشن میں شریک ہیں جبکہ یہ سب کے سب کسی نہ کسی موڑ پر، کسی نہ کسی لمحے میں خود اس کی موت کے سامان کرنے میں جانے انجانے کہیں نہ کہیں شریک رہے ہیں۔

ارے چھوڑیے کیا بات کرتے ہیں۔ انعامات، اعزازات، تعریفیں یہ سب زخم ہیں اس کے سینے پر۔ تم نے تمغے لگائے، اسے تازیانہ لگے، وہ کہتا رہا مجھے ایوارڈز نہیں غریبوں کی بھوک مٹانے کا سامان چاہیے، وہ چلاتا رہا مجھے اعزازات نہیں، پیار چاہیے، خلوص چاہیے، مجھے طاقت نہیں، بچوں کے ہاتھوں کا لمس درکار ہے۔ وہ چیختا رہا مجھے دانشوری نہیں، میرا بچپن چاہیے مگر تم اس کی کہانیاں پڑھتے رہے، شعر سنتے رہے اسے شہرت کی

سلیب پر لٹکاتے رہے، اس کی تخلیقات کی تجارت کرتے رہے اور اب اس کے جسم کو بہا نہ بنا کر تماشا کر رہے ہو۔ وہ لکھتا رہا نفرت کے خلاف، فرقہ پرستی، بھوک، اور منافقت کے خلاف۔ آپ لوگ سنتے کیوں نہیں، وہ مر چکا ہے۔ بہت پہلے سے مرتا آ رہا تھا اب بالکل مر چکا ہے۔ اس کی صحت کے بارے میں میڈیکل رپوٹس بالکل من گھڑت ہیں، آپ خود دیکھ سکتے ہیں، وہ کونے میں پڑا تو ہے، خود چھُو کر دیکھ لیجیے اور یہ شخص جو اس جشن میں اس کے نام سے لوگوں کے شکریے ادا کر رہا ہے یہ بے چارہ تو ایک بیٹا ہے، باپ ہے، شوہر ہے اور نہ جانے کیا کیا ہے مگر یہ وہ نہیں ہے۔ میں سچ کہتا ہوں یہ وہ نہیں ہے، وہ تو مر چکا ہے اس کی لاش تو جشن گاہ میں رکھی ہوئی ہے۔۔۔

دیکھیے آپ اپنے آپ کو سماج کا ذمے دار طبقہ کہتے ہیں نا! تو پھر ذمے داری سے بچ نہیں سکتے اٹھیے پہلے اس کی تجہیز و تکفین کا انتظام کیجیے، دیکھیے وہ کیسے آنکھیں کھولے بے حس و حرکت آپ کی طرف دیکھ رہا ہے۔ دیکھ رہے ہیں نا آپ۔۔۔

رہی میری بات تو میں یہ کام اپنے ہاتھوں سے انجام دیتا مگر میری مجبوری یہ ہے کہ مجھے اس کے ساتھ ہی دفن ہونا ہے، ایک ہی قبر میں سونا ہے۔ سن رہے ہیں نا آپ! پتہ نہیں اس شور میں میری آواز آپ تک پہنچ بھی رہی ہے یا نہیں ؟۔ کیونکہ جشن جاری ہے۔

***

کیا اسیری ہے کیا رہائی ہے

آج پھر اس کے ساتھ یہی ہوا تھا کہ چاہنے کے باوجود وہ اونچی اونچی بلڈنگوں کے درمیانسے جھلک دکھاتی اس عمارت کے قریب نہیں جاسکا تھا اور بس کی کھڑکی سے اس پر ایک اچٹتی سی نظر ہی ڈال پایا تھا۔

گزشتہ کئی برسوں سے اس نے نہ جانے کتنی بار ارادہ اور کئی بار کوشش کی تھی کہ نئی اونچی بلڈنگوں کے درمیانسے دھندلی دھندلی سی نظر آنے والی اس پرانی عمارت کو قریب سے جا کر دیکھے ، معلوم کرے کہ وہ کوئی پرانا دفتر ہے، کسی کی رہائش گاہ ہے یا صرف مکان۔ مگر کامیاب نہیں ہو سکا تھا۔

اسے یاد تھا کہ چند برس پہلے تک سڑک کے اُس طرف ایک بڑا سا میدان یا اس کے بعد کچھ باغ سے تھے، جن کے پیچھے یہ پرانی حویلی نما عمارت خاموش کھڑی تھی۔ اس وقت اس کے بڑے سے دروازے پر مٹا مٹا سا بورڈ بھی نظر آتا تھا۔ اسے یہ بھی یاد تھا کہ کچھ برس پہلے اسی طرح بس کی ونڈو سے لگے لگے باہر دیکھتے ہوئے اچانک اس کی نظر اس عمارت پر گئی اور وہیں پر جم کر رہ گئی تھی -تب سے جب بھی اس کا گزر اس راہ سے ہوتا اس کی نگاہ خود بخود اس عمارت کی طرف اٹھ جاتی - آہستہ آہستہ دور سے نظر آنے والی دھندلی دھندلی سی وہ عمارت اس کی نظر اور پھر اس کے احساس کا حصہ بن گئی۔ اسے محسوس ہوا تھا کہ کوئی بنی بنائی عمارت کو کہیں اور سے لا کر ان بلڈنگوں کے درمیان چھپا گیا ہے۔ تب سے بہت بار وہ یہ ارادہ کر چکا تھا کہ ایک دن بس سے اتر کر سڑکیں اور پھر

عمارتیں پار کرتا اس کو قریب سے جا کر دیکھے گا، مگر آج تک اس کا موقع نہ مل سکا تھا۔ اور آج بھی یہی ہوا تھا کہ وہ اس عمارت کو بس کی کھڑکی سے دیکھ کر رہ گیا تھا، جب کہ وہ جانتا تھا آج کے بعد اس کی یہ گزر گاہ نہیں رہے گی، کیونکہ آج اس کی ملازمت کا آخری دن تھا۔ وہ رٹائرڈ ہونے والا تھا۔

'کوئی بات نہیں آج تو دفتر سے بس کے بجائے ٹیکسی سے لوٹنا ہے، شام کو ادھر سے ہو کر ہی جاؤں گا۔' اس نے اپنے آپ سے وعدہ کیا۔

وہ جوانی کے آغاز میں اپنے قصبے سے اس مہانگر میں آیا تھا۔ وہ ایک تاریخی قصبے کے ایسے خاندانسے تعلق رکھتا تھا جس کی دنیا حادثات کے تھپیڑوں نے اس طرح معلق کر دی تھی کہ روایت گھر چھوڑنے کی اجازت نہ دیتی اور ضرورت گھر سے باہر کی طرف دھکیلتی تھی۔

دوسرے بہت سوں کی طرح اس نے بھی ضرورت کے آگے گھٹنے ٹیک دیے تھے اور بڑے بڑے دالانوں، وسیع و عریض ڈیوڑھی، درختوں بھرے صحن والے ایسے گھر کو چھوڑ کر چلا آیا تھا، جس میں جھولے ہچکولے کھاتے، پرندے چہچہاتے، رشتے بنتے بگڑتے، لوگ روٹھتے، منتے اور ایک ہو جاتے تھے، جہاں بہت کچھ پردے میں تھا مگر سب کچھ ذاتی اور صرف ذاتی نہ تھا، جہاں کے خوف و خوشیاں، غم مشترک بھی تھے اور معتبر بھی۔

شروع شروع میں اسے یہ شہر 'یہاں کے حالات عجیب سے لگے مگر دھیرے دھیرے وہ اس شہر کا عادی ہوتا گیا اور پھر تو وہ اس شہر میں ایسا سمایا کہ چھوٹے بابو سے بڑے بابو تک کا سفر کیسے طے ہو گیا خود اسے بھی ٹھیک سے معلوم نہ ہو سکا۔ اب وہ سروں کے اس جنگل کا حصہ بن چکا تھا اور سفید کالر والوں کی لمبی قطار میں معمولات کے ڈرم پر

پریڈ کرنے لگا تھا۔

دفتر کے دوسرے لوگوں کی طرح وہ گھر سے نکلتا، بسوں کی لمبی قطار میں کھڑا ہوتا اور ایک دن کا معرکہ سر کر کے لوٹتا۔ وہ یہ معرکے سر کر ہی رہا تھا کہ ایک دن بس کی کھڑکی سے باہر جھانکتے ہوئے اس کی نگاہ سڑک کے دوسری طرف دور ایک پرانی عمارت پر پڑی، وہ اس عمارت کو دیکھتا رہ گیا، اسے تعجب ہوا کہ بھاگتے دوڑتے شہر میں اس کی نگاہ کہیں ٹک بھی سکتی ہے۔ اسے اپنے اندر کہیں جسم سے پرے پھانس سی چبھتی محسوس ہوئی۔ مگر اس سے پہلے کہ وہ اس عمارت کو نظر بھر کر دیکھتا بس کی رفتار نے اسے نظروں سے اوجھل کر دیا۔ پتہ نہیں کیوں اسے اس دن کئی بار دفتری مصروفیت میں بھی اس عمارت کا خیال آیا۔ اس نے کئی لوگوں سے اس کا ذکر بھی کیا مگر کوئی بھی تسلی بخش جواب نہ دے سکا بلکہ کئی نے تو کہا کہ انھوں نے آج تک اس طرح کی کوئی عمارت اس راستے پر دیکھی ہی نہیں جب کہ ان کا گزر بھی ادھر ہی سے ہوتا ہے۔

اس دن کے بعد سے اس کا معمول بن گیا کہ دفتر آتے جاتے وہ اس عمارت کو دیکھنے کی کوشش کرتا۔ اس کا دل چاہتا کہ وہ اس کو قریب، بہت قریب سے جا کر دیکھے مگر معمولات کے گھیرے سے نکلنا نہ ہو سکا۔

پہلے پہلے اس نے سوچا کہ جلدی کیا ہے، عمارت کہیں بھاگی تو نہیں جا رہی ہے، کسی چھٹی کے دن آرام سے آکر دیکھ لے گا۔ وقت اسی طرح گزرتا گیا اور آہستہ آہستہ اس عمارت کے آس پاس اتنی اونچی اونچی بلڈنگیں کھڑی ہو گئی کہ اب بس کی کھڑکی سے، صرف ایک خاص زاویئے سے اس کا ایک حصہ نظر آتا تھا۔ اس طرح مزید چھپ جانے سے وہ پر اسرار سی لگنے لگی تھی یا کم از کم اس کے دل میں اس کی پر اسراریت بڑھ گئی تھی۔

وہ دفتر پہنچا، ملازمت کا آخری دن ہونے کی وجہ سے آج اس پر کوئی دفتری ذمے داری نہیں تھی، آج اس کی الوداعی پارٹی تھی، جس میں اس کے کام، خدمات کو سراہا گیا اور پھولوں سے لاد کر ٹیکسی میں اسے گھر روانہ کر دیا گیا۔ ٹیکسی دفتر سے گھر کی طرف جا رہی تھی۔ اونچی اونچی بلڈنگوں کے پیچھے سورج سر چھپانے لگا تھا، ایک خاص موڑ پر اس نے ٹیکسی والے کو روانہ کیا اور ٹیکسی سے اترا، ہاتھوں میں پھولوں کا گلدستہ لیے غیر اختیاری طور پر اس پرانی عمارت کی طرف بڑھنے لگا جسے قریب سے دیکھنے کی خواہش اس کے دل میں شدت اختیار کر چکی تھی۔

اس نے سڑکوں کے جال کو پار کیا اور بلڈنگوں کے درمیان آگے بڑھنے لگا۔ اب وہ عمارت کے باہر والے حصے کو دیکھ سکتا تھا- یہ اونچی اونچی دیواروں والی عمارت، چھوٹی چھوٹی سرخ اینٹوں سے بنی تھی، جن کا رنگ بارش اور دھوپ سے اڑ گیا تھا، عمارت کا بہت بڑا سا بوسیدہ پھاٹک کھلا ہوا تھا۔ اسے لگا کہ اندر کئی دالان ہیں، بہت بڑا سا صحن ہے جس میں طرح طرح کے درخت لگے ہیں، اندر بہت سے چھوٹے بڑے لوگوں کے علاوہ پرندے اور پالتو جانور ہیں۔ ایک عجیب سی پر سکون رونق، وقار، گہما گہمی اور بے نیازی ہے۔

وہ نیم خوابی کی سی کیفیت میں اس عمارت کی طرف بڑھ رہا تھا کہ پاس سے گزرتی ہوئی ایک تیز رفتار گاڑی نے اسے اچھال دیا۔ ایک دلدوز، گھٹی گھٹی سی چیخ کے ساتھ وہ عمارت کے دروازے کے سامنے والی سڑک پر گر پڑا۔

اس کی آنکھیں عمارت کے بڑے سے کھلے دروازے کی طرف ہیں جس میں دور دور تک سنّاٹے بھری ویرانی کے سوا کچھ نہیں--اور اس کا جسم ٹھنڈا پڑ چکا ہے۔

٭٭٭

دو منہ والا سانپ

تارا رومانی کو آج یقین ہو گیا تھا کہ مسز سکسینہ اور مسٹر کپور کے تعلقات دفتری حدوں سے نکل کر تمام اخلاقی حدیں پار کر چکے ہیں۔

ان دونوں کے بڑھتے تعلقات کے بارے میں اندازہ تو اس کو مسٹر کپور کے اس آفس میں اعلیٰ افسر کے طور پر آنے کے کچھ دن بعد سے ہونے لگا تھا لیکن اتنی جلدی سارے مراحل طے کر لیے جائیں گے اس کا یقین نہیں تھا۔ مگر جب آج صبح تارا رومانی نے آفس آتے ہوئے ریڈ لائٹ پر رکی بس میں سے دیکھا کہ مسز سکسینہ مسٹر کپور کی کار میں نہ صرف تنہا تھیں بلکہ اگلی سیٹ پر بیٹھی ان کے کاندھے سے چپکی جس انداز سے بات کر رہی تھیں اس سے ان کے تعلق کی نوعیت کو کوئی بھی بھانپ سکتا تھا اور تارا رومانی تو اس منظر کے پس منظر کو کئی دنوں سے دیکھ رہی تھی۔

مسٹر کپور کے کار چلانے کے انداز سے صاف لگ رہا تھا کہ ان کو آفس پہنچنے کی کوئی جلدی نہیں ہے یا شاید ان کو آفس جانا ہی نہیں ہے۔ اور ہوا بھی یہی کہ تارا رومانی نے آفس پہنچ کر مسٹر کپور اور مسز سکسینہ کے کمروں میں جھانکا تو وہ خالی تھے، آفس کے باہر مسٹر کپور کی کار پارکنگ کی مخصوص جگہ بھی خالی پڑی تھی۔

تارا رومانی نے کئی بار تھوڑی دیر بعد ان دونوں کے کمروں میں جا کر دیکھا، کسی سے پوچھنا اس لیے بیکار تھا کیونکہ وہ جانتی تھی کہ باہر کوئی ایسی آفیشل میٹنگ نہیں ہے جس میں دونوں کو جانا ہو۔

تارا رومانی کے لیے یہ صورت حال ذاتی طور پر بہت تکلیف دہ تھی کیونکہ اس کے لیے یہ معاملہ صرف دو شادی شدہ افراد کے غیر سماجی، غیر اخلاقی تعلقات یا دفتر کے دو آفیسرز کی غیر ضروری قربت کا ہی نہیں تھا بلکہ اس کا جس نوعیت کا تعلق مسز سکینہ سے تھا اس کے پیش نظر اس کی تشویش اور بے چینی فطری تھی۔

مسز سکینہ کو اس نے ہمیشہ بڑی بہن اور ایک محسن کے روپ میں دیکھا تھا وہ پیار اور احترام سے ان کو دیدی کہتی تھی، ادھر مسز سکینہ بھی اسے دوسروں سے زیادہ عزیز رکھتی تھیں۔

تارا رومانی اگر آج اسسٹنٹ گریڈ میں پرمانٹ ہو چکی تھی تو یہ بھی مسز سکینہ کی ہی مہربانی تھی۔ شروع سے ہی انھوں نے اس کے کیریر میں مدد کی اور ذاتی طور پر اس کو اپنے بہت قریب رکھا، وہ اگرچہ دفتری عہدے میں انسے بہت کم تھی مگر عہدے کا یہ تفاوت ان دونوں کے تعلقات کے درمیان کبھی رکاوٹ نہیں بنا۔ وہ دفتر کے ساتھی سے زیادہ بے تکلف سہیلیاں تھیں۔

مسٹر کپور کے اس آفس میں آنے کے بعد مسز سکینہ سے ان کی قربت کو شروع شروع میں تارا رومانی نے کوئی خاص اہمیت نہیں دی کہ اس دفتر میں یہ کوئی نئی بات نہیں تھی اور مسز سکینہ کے تعلق سے تو یہ بات بالکل ہی اچنبھے کی نہیں تھی۔ اس لیے کہ آفس میں سب پر خاص طور پر 'بڑے افسروں پر چھا جانا ان کی دیرینہ عادت اور غلط فہمی میں مبتلا کر دینے والی پر کشش مسکراہٹ ان کی شخصیت کا حصہ تھی۔

مسز سکینہ نہایت خوش پوش، سلیقہ مند، اپنے دفتری کاموں میں چست، رسوخ میں ماہر، اور عمر کی چوتھی دہائی پار کر لینے کے باوجود پر کشش اور خوبصورت تھیں۔ کچھ تو قدرت نے ان کو دلکش آواز، متناسب اعضا سے نوازنے میں خاص فراخ دلی سے کام لیا تھا

اور کچھ لباس کے انتخاب اور انداز نے ان کو کم عمروں کے مقابلے میں بہت زیادہ جاذبِ نظر بنا رکھا تھا۔

مسز سکسینہ جسمانی اعتبار سے ہی نہیں ذہنی اعتبار سے بھی بہت زیادہ بالغ تھیں، ان کی گفتگو اور معلومات کی سطح دفتر کے بیشتر افراد سے بلند تھی اور مسٹر کپور سے یقیناً بہت مختلف اور وسیع تر تھی۔

وہ سب سے بے تکلفی کے باوجود ایک خاص قسم کا فاصلہ بنائے رکھنے پر قادر تھیں، اگرچہ ان کے اس کھلے ڈھلے روّیے نے ایک طرف ان کے متعلق متنازع آرا کی بنیاد فراہم کی تھی تو دوسری طرف ان کے معمر شوہر مسٹر سکسینہ اور ان کے درمیان عمر کے غیر معمولی فرق نے ذہنوں میں بہت سوالات کھڑے کیے تھے، لوگ ان کے
بے تکلفانہ روّیے کو اس تناظر میں بھی دیکھتے مگر حاصل کچھ نہ ہوتا، کیونکہ مسز سکسینہ بہر حال خوش تھیں اور ان کی خوش اخلاقی ان کے متعلق بد گمانیوں کی تردید کرتی رہتی۔

مسٹر سکسینہ عمر میں انسے کافی بڑے ایک ریٹائرڈ افسر تھے، بظاہر ان کی شادی بہت بے جوڑ سی لگتی تھی۔ خود تارا رومانی نے اس شادی سے پہلے مسز سکسینہ سے اس بات پر بہت بحث کی تھی مگر مسٹر سکسینہ سے ملنے کے بعد وہ بھی قائل ہو گئی تھی کہ اس کی دیدی کو متاثر کر دینے والا شخص ڈھلتی عمر کے باوجود ہر طرح ان کے لائق ہے اور شادی کے بعد سے مسز سکسینہ کے روّیے سے بھی ہمیشہ اس کی تصدیق ہوتی رہی۔

شادی کے چند دن بعد ہی سکسینہ صاحب نے تارا رومانی سے راکھی بندھوا کر اسے اپنی چھوٹی بہن بنا لیا تھا۔ اس کے بعد مسز سکسینہ سے اس کی محبتوں اور قربتوں میں اضافہ ہو گیا تھا اور تارا رومانی کے دل میں ان دونوں کے لیے محبت کے ساتھ احترام پیدا ہو گیا

تھا۔

تارا رومانی اور مسز سکسینہ کی قربت اب اس نوعیت کی تھی کہ شاید ہی کوئی ایسی بات ہو جو وہ آپس میں شیئر نہ کر لیتی ہوں۔ چاہے وہ دفتری معاملہ ہو یا ذاتی مسئلہ ہو۔

مسٹر سکسینہ کے معاملے کو لے کر بھی کئی مرتبہ طویل گفتگو ہو چکی تھی۔ خاص طور پر اس شام تو مسز سکسینہ اور تارا رومانی بہت دیر تک اس مسئلے پر بحث کرتے رہے تھے، جس شام کسی کام سے ساتھ جانے کے لیے مسز کپور آفس میں مسٹر کپور کے پاس آئی تھیں۔

تارا رومانی نے تھوڑے فاصلے سے دیکھا تھا۔ مسٹر اور مسز کپور ساتھ کھڑے تھے۔ مسز کپور کافی خوبصورت تھیں اور دیکھنے میں مسٹر کپور سے کافی کم عمر لگتی تھیں، اگر آفس کے کسی ساتھی نے نہ بتلایا ہوتا تو یہ گمان مشکل تھا کہ وہ مسٹر کپور کی بیوی ہوں گی۔

مسز سکسینہ دفتر میں موضوعِ گفتگو تو بہت پہلے سے ہی تھیں مگر کپور صاحب کے اس آفس میں آنے کے بعد اس موضوع میں ایسے عناصر بھی داخل ہونے لگے تھے جو غیر ذمے دارانہ ذہن کی پیداوار ہوتے ہیں، اس کی وجہ شاید یہ تھی کہ ان دونوں کا زیادہ تر وقت دفتر میں ساتھ گزرتا، یا تو مسٹر کپور گول چہرہ، سنہری فریم کا چشمہ لگائے اپنی عمر کے مقابلے میں زیادہ شوخ لباس زیب تن کیے، ہاتھ میں موبائل فون لیے ان کے کمرے کے صوفے میں دھنسے ہوتے یا پھر مسز سکسینہ ساری جلوہ سامانیاں اور رعنائیاں لیے ان کے کمرے میں ایک خاص تمکنت کے ساتھ براجمان ہوتیں۔ لنچ اور چائے ایک ساتھ لینا کوئی ایسی غیر معمولی بات نہ تھی اور نہ ہی آفس میں ان باتوں کو کوئی مائنڈ کرتا تھا لیکن دفتر کا وقت ختم ہونے اور زیادہ تر لوگوں کے دفتر سے چلے جانے کے باوجود ان دونوں کا موجود رہنا ضرور غیر معمولی بات تھی کیونکہ مسٹر کپور کے اس آفس میں آنے سے پہلے مسز

سکسینہ عام طور پر دفتر کا وقت ختم ہوتے ہی چلی جاتی تھیں۔

حسبِ عادت اس پورے معاملے کو تارا رومانی نے بہت ہمدردی، کشادہ ذہنی اور موجودہ ماحول کے سیاق وسباق میں سمجھنے کی کوشش کی اور اس نتیجے پر پہنچی کہ معاملے کے سنگین ہونے کا اندیشہ ہے اور اسے کسی نہ کسی طرح اس خطرے کو ٹالنا ہے۔

لنچ کا وقت ہو گیا تھا، اس کا من بھاری تھا، بھوک بالکل نہیں تھی وہ اس خیال سے دفتر کی بلڈنگ سے باہر آگئی کہ اس کے ساتھی اسے کھانے کے لیے مجبور کریں گے، وہ یونہی بے مقصد دفتر سے باہر چکّر لگانے لگی۔

دفتر کے باہر روز کی طرح لنچ ٹائم کی رونق تھی، مختلف قسم کی چیزیں بیچنے والے، مجمع لگانے والے موجود تھے، تھوڑی دوری پر لوگ گھیر اڈالے مجمع لگانے والوں سے دل بہلا رہے تھے، تارا رومانی بھی وقت گزاری کے لیے ایک گھیرے میں کھڑی ہوگئی۔ سانپوں کا تماشا دکھانے والا دو منہ کے سیاہ سانپ کو پٹارے سے باہر رکھے بین بجا رہا تھا، سپیرے کی بین پر دو منہ والا سانپ اپنے دھڑ پر کھڑا ہو جاتا تو پتہ نہیں لگتا تھا کہ اس کا رخ مجمع کی طرف ہے یا سپیرے کی طرف۔ لوگ سان پ کو دودھ پلانے کے لیے سپیرے کے کٹورے میں پیسے ڈال رہے تھے۔

کچھ دیر بعد وہ بوجھل قدموں سے آفس کی طرف لوٹ آئی، آفس کے باہر مسٹر کپور کی کار کی پارکنگ کی مخصوص جگہ اب بھی خالی تھی، اس کے ماتھے پر تفکر کی لکیریں کافی گہری ہو گئیں، اسے لگا کہ کسی طرح بھی دیدی کو اس جھمیلے سے نکالنا اور گھر کو بربادی سے بچانا چاہیے۔ لیکن اس کے لیے کیا تدبیر کرے یہ اس کی سمجھ میں نہیں آرہا تھا۔ مسز سکسینہ سے اس معاملے پر وہ اپنی بساط بھر بات بھی کر چکی تھی۔ لوگوں کے ردِّ عمل چہ می گوئیوں اور افواہوں سے بھی انھیں آگاہ کیا۔ گویا اپنے طور پر تارا رومانی نے دوستی کا حق

ادا کرنے کی کوشش کی، مگر اس کے باوجود آج والا منظر پیش آیا تھا، جس کو دیکھ کر تارا رومانی حیران بھی تھی اور پریشان بھی۔ اسی الجھن اور پریشانی کے عالم میں اسے خیال آیا کہ کیوں نہ اس معاملے کو سکسینہ صاحب کے علم میں اس طرح لائے کہ بات ان تک پہنچ بھی جائے اور کوئی نقصان بھی نہ ہو۔ کسی نہ کسی دن ان تک بات جائے گی تو ضرور، دوسرے بتائیں گے بھی تو نمک مرچ لگا کر اس طرح بتائیں گے کہ گھر خراب ہو سکتا ہے ، پھر سکسینہ صاحب نے اسے بہن بھی تو بنا رکھا ہے، اس کا فرض ہے کہ وہ ان لوگوں کے لیے بھلا سوچے ، ہو سکتا ہے کہ اس کی کوشش سے یہ طوفان ٹل جائے۔ بہت سوچ سمجھ کر اس نے فیصلہ کیا کہ وہ آج ہی سکسینہ صاحب سے ملے گی۔ اپنے اس فیصلے سے کے ساتھ وہ آفس سے نکل پڑی۔

تارا رومانی سارے راستے اس بات پر غور کرتی رہی کہ وہ کن کن پہلوؤں سے سکسینہ صاحب سے اس معاملے میں بات کرے گی جس سے نہ تو مسز سکسینہ کی شکایت ہو، نہ وہ لوگ اس کو غلط سمجھیں اور معاملے کو پوری طرح سمجھ بھی لیں۔ بات آسان نہیں تھی۔ مگر اسے اپنے خلوص، ذہانت اور دونوں میاں بیوی کی دیرینہ شفقت پر بھروسہ تھا۔ ان سوچوں کے درمیان اسے پتہ ہی نہیں چلا کہ وہ کب مسز سکسینہ کے گھر کے قریب پہنچ چکی تھی۔

سہ پہر کا وقت تھا۔ گورنمنٹ فلیٹس کے کمپلیکس میں حسبِ معمول سناٹا تھا۔

کثیر منزلہ عمارت کی اوپری منزل پر جانے کے لیے وہ لفٹ والے کاری ڈور میں داخل ہوئی جس کے ستونوں پر مختلف قسم کے نوٹس اشتہارات اور پرچے چسپاں تھے۔

اس نے لفٹ کا بٹن دبایا، اوپر سے نیچے آتی ہوئی لفٹ درمیان میں کہیں رک گئی یا روک دی گئی۔ کچھ دیر بعد لفٹ نیچے آئی دروازہ کھلا تو تارا رومانی کی آنکھیں حیرت سے کھلی

کی کھلی رہ گئیں۔ لفٹ میں سکسینہ صاحب اور مسز کپور ایک دوسرے سے لپٹے ہوئے اس طرح محو کھڑے تھے کہ انھیں لفٹ کا دروازہ کھلنے کا بھی احساس تک نہ ہوا تھا۔

تارا رومانی اضطراری طور پر ایک ستون کی آڑ میں ہو گئی۔

وہ دونوں باہر نکلے۔ سکسینہ صاحب مسز کپور سے کہہ رہے تھے: "یہی وقت ٹھیک ہے۔ دن میں وہ لوگ آفس میں ہوتے ہیں"۔

تارا رومانی ستون کی آڑ میں ساکت سی کھڑی رہ گئی، اسے محسوس ہو رہا تھا کہ دو منہ والے سانپ چاروں طرف رینگ رہے ہیں۔

***

چھنگا

ٹرین پوری رفتار کے ساتھ دوڑ رہی ہے۔ وہ اپنے بوڑھے ہوتے ہوئے جسم کے ساتھ برتھ کے ایک کونے پر ونڈو سے ٹیک لگائے دھواں دھواں آنکھوں سے باہر کی جانب گھور رہا ہے۔ جب وہ پہلی بار اپنے قصبے سے شہر آنے کے لیے ریل میں بٹھایا گیا تھا تو پتہ ہے ٹکٹ کتنے کا تھا، چھ روپے پچاس پیسے کا۔ ایک روپے میں پچاس پیسے کے دو سکّے اور پچیس کے چار اور پچیس پیسے کا ایک سکّہ دن بھر کا حاصل۔۔۔۔

"یہ لو اپنی عیدی۔"عید کے نئے رنگ برنگے لباس میں بچے آواز کی طرف دوڑے۔ یہ تمہارے پانچ روپے۔ یہ تمہارے۔ یہ تمہارے اور یہ تیرے لیے۔ اس نے ہاتھ بڑھایا تو اس کے ہاتھ کی پانچ انگلیوں کے ساتھ ایک چھوٹی سی انگلی بھی جھول رہی تھی۔

"ابے چھنگے لے لے" ہلکی سی چیت گوٹا لگی ٹوپی پہنے اس کے چھوٹے سے سر پر لگی۔ ایک روپے کا سکّہ اس کے ہاتھ سے گر گیا۔ وہ اٹھانے کے لیے جھکا تو ایک بھائی نے اٹھالیا اور اس سے پہلے کہ یہ اس کے ہاتھ لگے اس نے دوسرے بھائی کو دے دیا۔ وہ سکّے کے لیے ادھر سے ادھر دوڑتا رہا اور اس کے بھائی "لے چھنگے لے چھنگے" کہہ کر کھیلتے رہے۔ جب تھک گئے تو "اچھا لے" کہہ کر اس کو ایسے تھما دیا جیسے یہ اس کا نہ ہو۔ بلکہ اس کو دے کر اس پر احسان کیا جا رہا ہو۔

سب لوگ اسے چھنگا کے نام سے بلاتے تھے۔ پیدائشی طور پر اس کے ایک ہاتھ کے

انگوٹھے کے پاس ایک چھوٹی سی چھٹی انگلی بھی تھی۔ اس کا دل چاہتا کہ اس چھٹی انگلی کو اپنے ہاتھ سے نوچ پھینکے۔ ایک دو مرتبہ اس نے اسے بلیڈ سے کاٹ پھینکنے کا ارادہ بھی کیا مگر ہمت نہ ہوئی۔

وقت کے ساتھ اس کا بدن، بدن کے ساتھ اس کا ہاتھ، ہاتھ کے ساتھ پانچوں انگلیاں اور پانچوں انگلیوں کے ساتھ اس کی چھٹی انگلی اپنا حجم بڑھا رہی تھی۔ اس سے پہلے کہ وہ چھوٹی سی زائد انگلی پورے وجود پر چھا جائے وہ اس سے پیچھا چھڑانا چاہتا تھا۔

وہ قصبے سے شہر چلا آیا جہاں بھیڑ میں ایک ہاتھ کو دوسرے ہاتھ کی خبر نہیں۔ اپنی محنت سے بڑے شہر کی بڑی دشواریوں پر نہ صرف اس نے قابو پایا بلکہ اعلیٰ تعلیم، اعلیٰ ملازمت حاصل کی اور آپریشن کے ذریعے چھٹی انگلی کو اپنے جسم سے الگ کرایا۔ کامیاب سرجری کے ذریعے انگلی کاٹ کر الگ کر دی گئی بس ایک ہلکا سا نشان باقی رہ گیا۔ گرچہ اس کو بہت دن تک محسوس ہوتا رہا کہ کچھ تھا جو اب نہیں ہے مگر اب اسے چھنگا کہنے والا کوئی نہیں تھا۔

اس کی چھٹی انگلی اور اس کی انگلی کی طرح بہت کچھ بیتے وقتوں کی داستان بن چکا تھا۔ اس داستان میں ایسے واقعات، کردار اور مقامات بھی تھے جن سے وہ پیچھا نہیں چھڑا سکا تھا۔ ایسی ہی ناگزیر خواہش میں سے ایک خواہش عمر کا آخری حصہ اپنے وطن میں اپنے طریقے سے گزارنے کی بھی تھی۔ عجیب طرح کی ایک جذباتی کشش کے زیر اثر اس نے ارادہ کر رکھا تھا کہ وہ ملازمت سے سبکدوش ہونے کے بعد آبائی مکان کے اپنے والے حصے میں سکون کی زندگی گزارے گا۔

عملی طور پر اس نے اپنے قصبے سے کبھی رشتہ نہیں توڑا تھا، گرچہ والدین کے انتقال کے بعد اس کا جانا کم ہو گیا تھا اور شہر میں اس کی اپنی بھری پری دنیا تھی، اس کی بیوی بچے

تھے، مصروف زندگی تھی، مگر پھر بھی وہ اپنے بہن بھائیوں اور اہل خاندانسے عملی طور سے وابستہ رہتا تھا اور موقع موقع سے وہاں جاتا رہتا تھا۔ وہ مطمئن تھا کہ قصبے میں آبائی مکان میں اس کا حصہ موجود ہے جس کی دیکھ ریکھ اس کے بھائی کرتے ہیں۔ والدین نے اپنی زندگی میں سب کے حصے مخصوص کر دیے تھے تاکہ اپنے اپنے مزاج اور ضرورت کے اعتبار سے اس کو استعمال میں لا سکیں۔ اس کی بیوی بچوں کے لیے یہ مکان بلاوجہ کا ایک بوجھ تھا جس کی دیکھ بھال اور ہاؤس ٹیکس وغیرہ وغیرہ پر خوامخوہ پیسہ خرچ ہوتا ہے۔ ان کے خیال میں یہ بلاوجہ کی ماضی پرستی ہے اور اس بات کی کوئی تک نہیں ہے کہ جہاں رہنا نہیں ہے، بسنا نہیں ہے، اسے خواہ مخواہ دل میں بسائے رکھا جائے۔ ان لوگوں کے لیے وہاں مستقل سکونت تو درکنار دو چار دن مہمانوں کی طرح قیام بھی بس باپ کے لحاظ اور دنیا کو دکھانے کے لیے تھا، کسی تقریب تہوار یا کسی غم کے موقع پر جاتے بھی تو فوراً لوٹ آتے اور یہ جانا بھی ایک طرح سے اس پر احسان تھا بالکل ایسے جیسے وہ اپنے بچوں کے ملنے والوں کے ہاں کبھی کبھی کسی ضرورت سے بادل ناخواستہ چلا جاتا ہے۔

اس کی ساری ضرورتیں اس شہر نے پوری کیں تھیں، یہاں اس کی شادی ہوئی، بچے ہوئے یہاں اس نے تعلیم پائی اپنی جوانی گزاری۔ اس نے کوشش کی کہ اپنے آپ کو اسی شہر کے حوالے کر دے مگر مکمل طور پر تو وہ کبھی بھی ایسا نہ کر سکا تھا البتہ بڑھاپا قریب آتے آتے آبائی وطن کی کشش میں اضافہ ہوتا گیا اور اسی کشش کے تحت اس نے فیصلہ کر لیا تھا کہ ریٹائرمنٹ کے بعد وہ اپنے قصبے میں پر سکون زندگی گزارے گا۔

اپنے آبائی وطن گئے ہوئے کافی عرصہ گزر چکا تھا، ملازمت سے سبکدوش ہونے میں بھی اب زیادہ وقت نہیں تھا اس لیے اس نے اپنے ارادے کی تکمیل کے لیے عملی اقدامات شروع کر دیے تھے اور اس سلسلے میں وہ چھٹی لے کر وہاں پہنچ گیا تھا تاکہ مکان

کے اپنے مخصوص حصے کو اپنی موجودہ ضرورتوں کے مطابق بنا سکے تاکہ کچھ دن بعد جب وہ مستقل سکونت کے ارادے سے یہاں آئے تو کوئی عملی دشواری نہ ہو۔ اسے یقین تھا کہ جو بہن بھائی برسہابرس سے اس کے حصے کی حفاظت اور مرمت کراتے آرہے ہیں ان کی مدد سے اس کام میں کوئی بھی دشواری نہیں ہو گی۔

وطن پہنچ کر اپنا ارادہ ظاہر کیا تو یہ معلوم ہو کر بھونچکا رہ گیا کہ مکان کے اس کے والے حصے کو ان لوگوں نے آپس میں بانٹ لیا ہے اور پچھلے کئی برسوں میں مختلف بہانوں سے اس کے دستخط حاصل کر کے یہ مکان اس سے خرید لیا گیا ہے اور وہ اب اپنے مکان میں نہیں اپنے بھائیوں کے مکان میں مہمان ہے۔

ٹرین ایک جھٹکے سے رکی تو اس کے خیالات کا سلسلہ ٹوٹ گیا۔ اس کے سامنے کی سیٹ پر ایک شخص گہری نیند سو رہا ہے۔ سر سے ہوتی ہوئی اس کی نگاہ سیٹ سے باہر لٹکے ہوئے اس کے پاؤں پر پڑی۔ اس کے پاؤں کے انگوٹھے کے ساتھ ایک چھٹی انگلی لٹک رہی تھی۔ بے اختیار اس کا ہاتھ اپنے انگوٹھے کے پاس چلا گیا۔

ٹرین پوری رفتار سے دوڑ رہی ہے۔ چھک چھک کی آواز چھنگا چھنگا میں ضم ہو چکی ہے۔ باہر دور دور تک گہرا اندھیرا ہے۔ اور اس کا پورا وجود چھٹی انگلی میں تبدیل ہو چکا ہے۔

***

کہیں کچھ کھو گیا ہے

"کیا ہو رہا ہے ؟"

'اندھے ہو، نظر نہیں آتا، دیکھ نہیں رہے، لکھ رہا ہوں،

'مجھے تو بہت دیر سے کچھ بھی لکھتے نظر نہیں آتے، بس کبھی سر جھکاتے ہو، کبھی ناک سکیڑتے ہو، ادھر ادھر پہلو بدلتے ہو، ہاں ایک آدھ لفظ لکھ بھی دیتے ہو تو اسے کاٹ دیتے ہو۔'

"مطلب کیا ہے تمھارا؟'

'مطلب یہ ہے کہ جب لکھنا نہیں آتا تو کیوں رات برباد کرتے ہو۔'

'دیکھو! سنو! میرا دماغ خراب مت کرو، ایک تو مجھے کہانی نہیں سوجھ رہی ہے، اوپر سے تم میرے سر پر سوار ہو۔'

'اوہ، تو کہانی کی فکر میں ہو، میں کچھ مدد کروں۔'

'آپ؟ اور مدد؟ وہ بھی کہانی میں؟ ابھی اتنا بُرا وقت نہیں آیا ہے کہانی پر کہ کلرکوں کے نخرے اٹھانے لگے۔'

'مجھے معلوم تھا تم طنز پر اتر آؤ گے۔ میں کلرک ہوں تو تم کیا ہو؟ ارے کلرک! فائل پر سہی لکھتا تو ہے، تم تو بس لکیریں کھینچتے ہو اور کاٹتے ہو، کاغذ بھی برباد کرتے ہو، وقت

بھی اور۔۔۔۔'

'ہاں ہاں کہو اور کیا۔۔۔۔'

'اور یہ کہ تمھارا میرے بغیر کام نہیں چلتا ہے پھر بھی مجھے۔۔۔۔'

'دیکھو! بہت ہو چکا، آخر تم اپنے آپ کو سمجھتے کیا ہو؟ اس دو وقت کی روٹی کے پیچھے تم مجھ پر رعب جماؤ گے، مجھے کہانی لکھنا سکھاؤ گے، میرا کام تمھارے بغیر نہیں چلتا، یا تمھارا میرے بغیر، اور یہ کلر کی جس کے بَل پر تم اِتراتے ہو، یہ بھی کونسی آپ کی عقل کا نتیجہ ہے، یاد ہے؟ اگر میں تمھیں سوالوں کے جواب نہ بتاتا تو کیا آج تم۔۔۔۔۔'

'اوہ تم سمجھتے ہو کہ تمھاری مدد سے نوکری ملی ہے؟ تم نے میز کے اوپر رکھے سرٹیفکیٹس دیکھے، میز کے نیچے کی تمھیں خبر نہیں۔'

'میں اس کی خبر رکھنا بھی نہیں چاہتا۔'

'مت رکھو، کہیں کی خبر مت رکھو۔۔۔'۔

'دیکھو میرا موڈ مت تباہ کرو مجھے کہانی لکھنا ہے۔'

لکھو، لکھو، میں نے کب منع کیا ہے۔'

'نہیں تم نے تو کبھی منع کیا ہی نہیں، ہیں نا! الٹا تم نے تو ہمیشہ میری مدد کی ہے۔،

'ہاں کی ہے' نہ کرتا تو یہاں میرے ساتھ اس بڑے شہر کی آسانیوں کے لطف نہ لے رہے ہوتے، وہیں قصبے کی تنگ و تاریک گلیوں میں بھوکے مر رہے ہوتے۔'

'غلط بالکل غلط کہہ رہے ہو تم، تم وہاں سے اس لیے نہیں آئے کہ وہاں بھوکے مر رہے تھے، تم اس لیے آئے کہ تمھیں ضرورت سے زیادہ بہت کچھ چاہیے تھا، تم زندگی

جینا نہیں خریدنا چاہتے تھے۔'

'ہاں چاہتا تھا اور اب بھی چاہتا ہوں، کیا برائی ہے اگر میں ترقی۔۔۔

ترقی؟ دوسروں کا حق مار کر، اپنی عزت نفس کے بدلے۔۔۔

عزّت نفس، خلوص محبت اس طرح کے الفاظ کا ذخیرہ ہے تمھارے پاس، مگر انسے عملی زندگی میں کچھ کام نہیں چلتا۔'

'کیوں لیکچر دے رہے ہو، میرا سر پھٹا جا رہا ہے مجھے سکون سے کہانی لکھنے دو۔'

لکھو، میں نے کب روکا ہے، کچھ نہ سوجھ رہا ہو تو ترکیب بتاؤں؟'

'اپنی ترکیب اپنے پاس رکھو۔ میں نے زندگی میں جب کبھی بھی غلطی سے تمھارا مشورہ مان لیا ہے ہمیشہ نقصان اٹھایا ہے۔ میں وہاں ہرے بھرے کھیتوں کی منڈیروں پر دوڑتا تھا، تالاب کے کنارے بیٹھ کر چھوٹی چھوٹی مچھلیاں دیکھتا تھا، رنگ برنگی تتلیوں سے چمن اور آسمان بھرا ہوتا تھا، چھوٹی اینٹ کے بڑے مکان کے دالان میں جھولے پڑے ہوتے تھے جس میں کیسے کیسے نازک اور من موہنے والے پاکیزہ جسم ہچکولے کھاتے، قہقہے بکھیرتے، ادھر باورچی خانے کے ایک کونے میں گلگلے اور پکوڑیاں تلی جا رہی ہوتیں۔۔۔'

'اور تم جھولا جھولتی لڑکیوں کو جھونٹے دیتے تھے، ان کے لیے ماں کے دودھ کی طرح سفید مولسری کے پھول چن کر لاتے تھے۔ وہاں پرندے تھے، بکریاں تھیں، محبتیں تھیں، سکون تھا، یہ تھا، وہ تھا۔۔۔ بس ہو گئی تقریر ختم یا کچھ باقی بچا ہے تو وہ بھی گنوا دو۔ کتنے سال سے تم یہی تقریر کر رہے ہو اور میں تمھیں یہاں لے آیا ہوں، بقول

تمھارے اس کنکریٹ کے جنگل میں اور تمھیں یہاں لا کر برباد کر دیا ہے، قید کر دیا ہے، سچ کہو، کیا تم واپس جانا چاہتے ہو؟'

'تو آپ سوال بھی کرنے لگے، سوال کر سکتے ہو تو جواب بھی خود ہی ڈھونڈ لو، تم تو عملی آدمی ہو نا؟'

'پھر وہی طنز۔ سنو! کیا واقعی میں نے تمھاری مدد نہیں کی، تمھیں یاد ہو گا کہ جب وہ جسے تم دوست سمجھتے تھے تمھاری زندگی کا سارا سرمایا اور جب تم۔۔۔'

'ہاں احسان تو تمھارے ہی ہیں؟ میری پیدائش سے لے کر اب تک مجھ سے یوں ہی چمٹے ہوئے ہو میں نے تو کبھی کچھ کیا ہی نہیں، یونہی سہی، اب ایک مدد اور کرو، مجھے کہانی لکھنے دو۔

'اتنی دیر سے کہہ رہے ہو لکھنے دو لکھنے دو، لکھتے کیوں نہیں؟ کچھ نہیں ہے تو جہیز کی لعنت ذات پات، اونچ نیچ، کرپشن وغیرہ وغیرہ پر ہی لکھو۔ اخبار اٹھاؤ، دیکھو کیا کیا نہیں ہے کہانی کے لیے؟'

'تم نے مجھے میڈیا کے ٹھیکے داروں کی طرح حادثوں کا تاجر سمجھ رکھا ہے، جن کے لیے بوسینیا ہو، افغانستان ہو یا عراق، کشمیر ہو یا گجرات سب کمائی کے ذریعے ہیں۔ میں مانتا ہوں، کہانیاں زخموں سے بھی جھانکتی ہیں، پھولوں اور مسکانوں سے بھی۔ مگر کہانیوں میں زخموں اور مسکراہٹوں کا کاروبار نہیں ہوتا، ٹھیک ہے کہانی کہیں سے خود بھی مل جاتی ہے، کبھی کبھی تم جیسوں سے بھی مل جاتی ہے۔ مگر اس کا مطلب یہ نہیں تم کہانی ڈکٹیٹ کروگے۔'

"اجی سنتے ہو؟ آدھی رات کو اکیلے بیٹھے کیا بڑبڑا رہے ہو، آؤ سو جاؤ، اور مجھے بھی سونے دو، صبح سویرے اٹھنا ہوتا ہے روز آفس کو لیٹ ہو جاتے ہیں۔"

مجھے آواز لگ گئی ہے، میں جا رہا ہوں، ہو سکتا ہے میرے بعد یہ کوشش کرے مگر ایک بات بتاؤں! کہانی اب اس کے پاس بھی نہیں ہے۔

***